## 本書特色

就算不懂韓文,也能開開心心的將韓國玩透透!!
本書以最標準的「羅馬拼音」與最貼心的「注音符
號」,協助您輕輕鬆鬆唸出一口流利的標準韓語,
萬一真的韓語還是無法溝通時,別擔心還有世界的
共通語言「英文」挺你度過難關。

➡ 本書就出國旅途上會遇到的情況加以歸納分類:

一、常用單字:出國旅遊篇、日常生活篇、韓國生
　　活會話體驗篇

二、旅遊會話:找行李、找客運、在飯店⋯

三、韓語會話公式:問路、購物、點餐⋯

在你快速學會韓語單字的同時,搭配幾句實用的旅
遊會話,再加以靈活運用最後單元精選的『韓語會
話公式』,將所學的單字套進簡單的公式裡,就可
以輕鬆模擬真實情況,快樂的在全韓國暢遊無阻。
心動了嗎?一同來體驗韓國這個美麗國度吧!

# 作者簡介

**趙文麗** 中文／韓文 著作

- 韓國首爾人
- 韓國東國大學(英語英文學系)
- 日本東京筑波日本語學院
- 現職 專業韓文譯者(民國九十年起 迄今)
- 口譯經歷：

    行動電視暨廣播傳輸國際研討會

    台北國際圖書展好書評審

    亞州表演藝術節研討會

    韓國國立藝術團表演演出

    國際資訊、網路及通訊技術整合研討會


**范詩豔** 資料搜集／英文翻譯

- 台灣台北人
- MBA, Saginaw Valley State University, MI, USA
- 兼職英文講師及英文譯者，翻譯文件包括法律合約條款、專利文件、企管教育訓練手冊、股東會議紀錄、年報…
- 行動派，喜歡嘗試各種挑戰刺激、自助旅行、遊歷各國結交朋友、吃喝玩樂、無樂不歡…

# 目錄
CONTENTS

## 一 常用單字

## 二 旅遊會話

## 目錄 CONTENTS

# 常用單字

워드

# 1 出國旅遊篇

## 01 在機場

mp3-01

| 中文 / 英文 | 韓文 / 羅馬拼音 / 請用注音說說看 |
| --- | --- |
| 國際機場<br>International Airport | 국제 공항<br>guk-jje gong-hang<br>ㄎㄨ -ㄍ ㄐㄧㄝ, ㄎㄨㄥ ㄏㄤ |
| 仁川機場<br>Incheon Airport | 인천 공항<br>in-cheon gong-hang<br>ㄧㄣ ㄑㄧㄠ -ㄣ, ㄎㄨㄥ ㄏㄤ |
| 國內機場<br>Domestic Airport | 국내 공항<br>gung-nae gong-hang<br>ㄎㄨ -ㄍ ㄋㄟ, ㄎㄨㄥ ㄏㄤ |
| 金浦機場<br>Gimpo Airport | 김포 공항<br>gim-po gong-hang<br>ㄎㄧ -ㄇ ㄆㄡ, ㄎㄨㄥ ㄏㄤ |
| 飛機<br>Airplane | 비행기<br>bi-haeng-gi<br>ㄆㄧ ㄏㄟ -ㄥ ㄍㄧ |
| 機票<br>Air Ticket | 티켓<br>ti-ket<br>ㄊㄧ ㄎㄟ -ㄊ |

| 護照<br>Passport | **여권**<br>yeo-gwon<br>ㅡㅈ ㄍㄨㄛ ㄣ |
| 登機證<br>Boarding Pass | **보딩패스** (BOARDING PASS)<br>bo-ding-pae-seu<br>ㄅㄨ ㄎㄧㄥ, ㄆㄟ ㄙ |
| | **탑승권** (搭乘卷)<br>tap-sseung-gwon<br>ㄊㄚ ㄆㄨ, ㄙㄥ ㄍㄨㄛ ㄣ |
| 行李<br>Baggage (美) /<br>Luggage (英) | **트렁크**<br>teu-reong-keu<br>ㄊ ㄖㄨㄥ ㄎ |
| | **짐**<br>jim<br>ㄑㄧ ㄇㄨ |
| 免稅商店<br>Duty Free Shop | **면세점**<br>myeon-se-jeom<br>ㄇㄧㄡ ㄣ ㄙㄟ ㄑㄧㄡ ㄇ |
| 香煙<br>Cigarettes | **담배**<br>dam-bae<br>ㄊㄢ ㄇ, ㄅㄟ |
| 酒<br>Wine | **술**<br>sul<br>ㄙㄨ ㄖㄨ |
| 銀行<br>Bank | **은행**<br>eun-haeng<br>ㄜ ㄋㄟ ㄥ |

機場 / 韓國地名 / 住宿 / 餐廳 / 韓式菜單 / 味道 / 肉類食物 / 蔬菜食物 / 調味料 / 飲料 / 購物 / 物品描述

| 匯兌 (換錢)<br>Exchange | **환전**<br>hwan-jeon<br>ㄏㄨㄢ ㄑㄧㄠ ㄣ |
| 海關<br>Customs | **통관**<br>tong-gwan<br>ㄊㄨㄥ ㄍㄨㄢ |
| 入境<br>Arrivals | **입국**<br>ip-kkuk<br>ㄧ ㄆ ㄍㄨ ㄎ |
| 入境大廳<br>Arrivals Hall | **도착 로비**<br>do-chak ro-bi<br>ㄊㄡ ㄑㄧㄚ ㄎ, ㄖㄡ ㄅㄧ |
| 出境<br>Departure | **출국**<br>chul-guk<br>ㄑㄧ ㄨ ㄖ, ㄍㄨ ㄎ |
| 出境大廳<br>Departure Lobby | **출발 로비**<br>chul-bal ro-bi<br>ㄑㄧ ㄨ ㄦ, ㄅㄚ ㄖ, ㄖㄡ ㄅㄧ |
| 登機門<br>Boarding Gate | **탑승 게이트** (搭乘 Gate)<br>tap-sseung ge-i-teu<br>ㄊㄚ ㄆ ㄙㄥ, ㄍㄟ ㄧ ㄊ |
| 轉(飛機) 或<br>(換車/ 捷運等)<br>Transfer | **환승**<br>hwan-seung<br>ㄏㄨㄢ ㄙㄥ |
| 空服員<br>Cabin Crew | **스튜어디스**<br>seu-tyu-eo-di-seu<br>ㄙ ㄑㄧ ㄨㄛ, ㄉㄧ ㄙ |

| | |
|---|---|
| 機長<br>Captain | **비행기 기장**<br>bi-haeng-gi gi-jang<br>ㄆㄧ ㄏㄟ-ㄥ ㄍㄧ, ㄎㄧ ㄐㄧㄤ |
| 餐點<br>Meal | **기내 식사**<br>gi-nae sik-ssa<br>ㄎㄧ ㄋㄟ, ㄒㄧ-ㄍ ㄙㄚ |
| 計程車招呼站<br>Taxi Stop | **택시 정거장**<br>taek-ssi jeong-geo-jang<br>ㄊㄟ-ㄎ ㄒㄧ, ㄑㄩㄥ ㄍㄛ ㄐㄧㄤ |
| T-Money 卡<br>(在首爾及京畿道附近所使用的多用途預付卡。可搭車/捷運/撥電話等)<br>T-Money Card<br>(a rechargeable series of cards and other "smart" devices used for paying transportation fares in and around Seoul and other areas of South Korea.) | **티머니 카드**<br>ti-meo-ni ka-deu<br>ㄊㄧ ㄇㄡ ㄋㄧ, ㄎㄚ ㄉ |
| 公車站<br>Bus Stop | **버스 정거장**<br>beo-seu jeong-geo-jang<br>ㄅㄡ ㄙ, ㄑㄩㄥ ㄍㄡ ㄐㄧㄤ |
| 公車售票處<br>Ticket Office /<br>Ticket Counter | **승차권 판매소**<br>seung-cha-gwon pan-mae-so<br>ㄙㄥ ㄑㄧㄚ ㄍㄨㄥ-ㄣ, ㄆㄢ ㄇㄟ ㄙㄡ |

機場<br>韓國地名<br>住宿<br>餐廳<br>韓式菜單<br>味道<br>肉類食物<br>蔬菜食物<br>調味料<br>飲料<br>購物<br>物品描述

| 長途客運站<br>Bus Terminal /<br>Coach Station | 버스 터미널 (BUS TERMINAL)<br>beo-seu teo-mi-neol<br>ㄅㄡㄥ, ㄊㄡㄇㄧˋ, ㄋㄚ ㄇㄨ |
|---|---|
| 售票櫃檯(賣票所)<br>Ticket Counter /<br>Ticket Office | 매표창구 (매표소)<br>mae-pyo-chang-gu (mae-pyo-so)<br>ㄇㄟ ㄆㄡㄥ, ㄑㄧㄤ ㄍㄨ (ㄇㄟ ㄆㄡㄥ, ㄙㄡ) |
| 電梯<br>Elevator | 에레베이터<br>e-re-be-i-teo<br>ㄟ ㄌㄟ ㄅㄟ, ㄧ ㄊㄚ |
| 手扶梯<br>Escalator | 에스커레이터<br>e-seu-keo-re-i-teo<br>ㄟ ㄙ, ㄎㄛ ㄖㄟ ㄧ ㄊㄛ |
| 洗手間<br>Toilet | 화장실<br>hwa-jang-sil<br>ㄏㄨㄚ ㄐㄧㄤ, ㄒㄧ~ㄖ |
| 旅遊諮詢服務中心<br>Tourist Information &<br>Service Center | 투어안내센타<br>tu-eo-an-nae-sen-ta<br>ㄊㄨㄛ, ㄅ ㄋㄟ, ㄙㄟ ㄅ ㄊㄚ |
| 航空公司<br>Airline Company | 항공사<br>hang-gong-sa<br>ㄊㄟ ㄏㄢ, ㄏㄤ ㄍㄨㄥ |
| 大韓航空<br>Korean Air | 대한항공<br>dae-han-hang-gong<br>ㄏㄤ ㄍㄨㄥ ㄙㄚ |

| 韓亞航空<br>Asiana Airlines | 아시아나항공<br>a-si-a-na-hang-gong<br>ㄚ ㄒㄧ、ㄚ ㄋㄚ、ㄏㄤ ㄍㄨㄥ |
|---|---|
| 中華航空<br>China Airline | 중화항공 (China Airline)<br>jung-hwa-hang-gong<br>ㄑㄧㄡ-ㄥ ㄏㄨㄚ、ㄏㄤ ㄍㄨㄥ |
| 長榮航空<br>Eva Airline | 에 바항공<br>e-ba-hang-gong<br>ㄟ ㄅㄚ、ㄏㄤ ㄍㄨㄥ |
| 復興航空<br>Transasia Airways | 부흥항공 (Trans Asia)<br>bu-heung-hang-gong<br>ㄆㄨ ㄏㄥ、ㄏㄤ ㄍㄨㄥ |
| 國泰航空<br>Cathay Pacific Airlines | 캐세이항공 (Cathay Pacific)<br>kae-se-i-hang-gong<br>ㄎㄟ ㄙㄟ ㄧ、ㄏㄤ ㄍㄨㄥ |
| 泰國航空<br>Thai Airways | 타이항공 (Tai)<br>ta-i-hang-gong<br>ㄊㄚ ㄧ、ㄏㄤ ㄍㄨㄥ |
| 華信航空<br>Mandarin Airlines | 만다린항공<br>man-da-rin-hang-gong<br>ㄇㄢ ㄉㄚ ㄌㄧ-ㄣ、ㄏㄤ ㄍㄨㄥ |
| 登機櫃檯<br>Check-In Counter | 체크인 카운타<br>che-keu-in ka-un-ta<br>ㄑㄧㄝ-ㄎ ㄧ-ㄣ、ㄎㄚ ㄨㄣ ㄊㄚ |

機場
韓國地名
住宿
餐廳
韓式菜單
味道
肉類食物
蔬菜食物
調味料
飲料
購物
物品描述

## ▶ 02 韓國地名

| 中文 / 英文 | 韓文 / 羅馬拼音 / 請用注音說說看 |
|---|---|
| 首爾<br>Seoul | **서울**<br>seo-ul<br>ㄙㄡ ㄨ~ㄖ |
| 仁川<br>Incheon | **인천**<br>in-cheon<br>一ㄣ ㄑ一~ㄠ~ㄣ |
| 慶州<br>Gyeongju | **경주**<br>gyeong-ju<br>ㄎㄩㄥ ㄐ一~ㄨ |
| 安東<br>Andong | **안동**<br>an-dong<br>ㄢ ㄉㄨㄥ |
| 大邱<br>Daegu | **대구**<br>dae-gu<br>ㄊㄟ ㄍㄨ |
| 釜山<br>Busan | **부산**<br>bu-san<br>ㄆㄨ ㄙㄢ |
| 水原<br>Suwon | **수원**<br>su-won<br>ㄙㄨ ㄨㄛ~ㄣ |

| 束草<br>Sokcho | 속초<br>sok-cho<br>ㄙㄡ ㄍㄨ ㄑㄧㄡ |
|---|---|
| 江陵<br>Gangneung | 강릉<br>gang-neung<br>ㄎㄤ ㄋㄥ |
| 公州<br>Gongju | 공주<br>gong-ju<br>ㄎㄨㄥ ㄐㄧˇㄨ |
| 大田<br>Daejeon | 대전<br>dae-jeon<br>ㄊㄟ ㄐㄧㄠˇㄣ |
| 全州<br>Jeonju | 전주<br>jeon-ju<br>ㄐㄧㄠˇㄣ, ㄐㄧˇㄨ |
| 扶餘<br>Buyeo | 부여<br>bu-yeo<br>ㄆㄨ ㄧㄡ |
| 光州<br>Gwangju | 광주<br>gwang-ju<br>ㄎㄨㄤ ㄐㄧˇㄨ |
| 蔚山<br>Ulsan | 울산<br>ul-san<br>ㄨˇㅁㄨㄙㄢ |

機場
韓國地名
住宿
餐廳
韓式菜單
味道
肉類食物
蔬菜食物
調味料
飲料
購物
物品描述

| | |
|---|---|
| 春川<br>Chuncheon | **춘천**<br>chun-cheon<br>ㄑㄧ～ㄨㄣ, ㄑㄧㄠ～ㄣ |
| 濟州島<br>Jejudo | **제주도**<br>je-ju-do<br>ㄑㄧㄝ ㄐㄧ～ㄨ, ㄉㄡ |

▶ *03* 住　宿

| 中文 / 英文 | 韓文 / 羅馬拼音 / 請用注音說說看 |
|---|---|
| 櫃檯<br>Hotel Front Desk | **프론트**<br>peu-ron-teu<br>ㄆㄨ ㄖㄡ ㄣ ㄊ |
| 房間<br>Room | **객실**<br>gaek-ssil<br>ㄎㄟ ㄎ, ㄒㄧ ㄖ |
| 預約<br>Reservation | **예약**<br>ye-yak<br>ㄧㄝ ㄧㄚ ㄎ |
| 住宿<br>Stay /<br>Accommodation | **숙박**<br>suk-ppak<br>ㄙㄨ ㄎ, ㄅㄚ ㄎ |
| 住宿費用<br>Room Fees | **숙박비**<br>suk-ppak-ppi<br>ㄙㄨ ㄎ, ㄅㄚ ㄎ, ㄅㄧ |
| 飯店<br>Hotel | **호텔**<br>ho-tel<br>ㄏㄡ ㄊㄟ ㄖㄨ |
| 汽車旅館<br>Motel | **모텔**<br>mo-tel<br>ㄇㄡ ㄊㄟ ㄖㄨ |

機場

韓國
地名

住宿

餐廳

韓式
菜單

味道

肉類
食物

蔬菜
食物

調味
料

飲料

購物

物品
描述

| | |
|---|---|
| 有空房<br>Room Availabe | 예약 가능<br>ye-yak ga-neung<br>ㄧㅔㄧㄚ ㄎㄚㄥ |
| | 방있음<br>bang-i-sseum<br>ㄆㅊㄧㄥㄧㄇ |
| 韓式傳統房間(炕)<br>Korean-Style Ondol<br>Room (no bed,<br>mattress is placed on<br>heated floor) | 한식 온돌방<br>han-sik on-dol-bang<br>ㄏㄢ ㄒㄧㄣ, ㄨㄥ ㄉㅈㄧ ㄅㅊ |
| 西式房間<br>Western-Style Room | 양식 룸<br>yang-sik rum<br>ㄧㅊ ㄒㄧㄣ, ㄖㄨㄇ |
| 單人房<br>Single Room | 싱글룸<br>sing-geul-lum<br>ㄒㄧㄥ ㄍ, ㄖㄨㄇ |
| | 1인실<br>il-in-sil<br>ㄧ ㄖㄧㄣ, ㄒㄧㄖ |

| 雙人房<br>Twin Room | 트윈룸<br>teu-wil-lum<br>ㄊ ㄩㄣ ㄖㄨ~ㄇ |
| --- | --- |
| | 2인실<br>i-in-sil<br>ㅡ ㅡㄴ, ㄒㅣ~ㄹ |
| 四人房<br>Quad Room | 4인실<br>Sa-in-sil<br>ㄙㄚ ㅡㄴ, ㄒㅣ~ㄹ |
| 大床(雙人用)<br>Double bed | 더블 베드<br>deo-beul ppe-deu<br>ㄊㄡ ㄅㄨ~ㄖ, ㄅㄟ ㄅ |
| 單人床<br>Single bed | 싱글베드<br>sing-geul-ppe-deu<br>ㄒㅣㄥ ㄍ ~ㄖ, ㄅㄟ ㄅ |
| 付費服務<br>Charged Service | 유료<br>yu-ryo<br>ㅡ ~ㄨ ㄖ ~ㄡ |
| 免費<br>Free | 무료<br>mu-ryo<br>ㄇㄨ ㄖ ~ㄡ |
| 鑰匙<br>Key | 키<br>ki<br>ㄎㅡ |

機場

韓國地名

住宿

餐廳

韓式菜單

味道

肉類食物

蔬菜食物

調味料

飲料

購物

物品描述

| | |
|---|---|
| 鑰匙卡<br>Key Card | 키카드<br>ki-ka-deu<br>ㄎㄧ ㄎㄚ ㄉ |
| 僅住宿不附餐<br>Room without<br>Breakfast | 아침식사 미포함<br>a-chim-sik-ssa mi-po-ham<br>ㄚ ㄑㄧ ㄇ, ㄒㄧ ㄎ ㄙㄚ,<br>ㄇㄧ, ㄆㄡ ㄏㄚ ㄇ |
| 住宿附餐<br>Room with Breakfast | 아침식사 포함<br>a-chim-sik-ssa po-ham<br>ㄚ ㄑㄧ ㄇ, ㄒㄧ ㄎ ㄙㄚ<br>ㄆㄡ ㄏㄚ ㄇ |
| 餐券<br>Meal Ticket /<br>Breakfast Voucher | 식사 쿠폰<br>sik-ssa ku-pon<br>ㄒㄧ ㄎ ㄙㄚ, ㄎㄨ ㄆㄡㄥ |
| 價格<br>Price | 가격<br>ga-gyeok<br>ㄎㄚ ㄍㄧㄡ ㄎ |
| 太貴<br>Too Expensive | 비쌈<br>bi-ssam<br>ㄆㄧ ㄙㄚ ㄇ |
| 便宜的<br>Cheap | 싼것<br>ssan-geot<br>ㄙㄤ ㄍㄡ ㄊ |

| | |
|---|---|
| 服務生<br>Waiter / Waitress | **벨보이**<br>bel-bo-i<br>ㄅㄟˋ ㄅㄛ ㄅㄞ |
| | **안내원**<br>an-nae-won<br>ㄢ ㄋㄟˋ ㄨㄛˋ ㄣ |
| 餐廳<br>Restaurant | **식당** （一般餐廳）<br>sik-ttang<br>ㄒㄧˊ ㄉㄤ |
| | **레스토랑** （高級餐廳）<br>re-seu-to-rang<br>ㄌㄟˋ ㄙ ㄊㄡ ㄌㄤ |
| 三溫暖<br>Sauna | **사우나**<br>sa-u-na<br>ㄙㄚ ㄨ ㄋㄚ |
| 礦泉水<br>Mineral Water | **생수**<br>saeng-su<br>ㄙㄟˋ ㄥ ㄙㄨ |
| 緊急出口<br>Exit | **비상구**<br>bi-sang-gu<br>ㄅㄧ ㄙㄤ ㄍㄨ |
| 停車場<br>Parking Lot | **주차장**<br>ju-cha-jang<br>ㄐㄧ ㄨ ㄑㄧㄚ ㄐㄧㄤ |

機場
韓國地名
住宿
餐廳
韓式菜單
味道
肉類食物
蔬菜食物
調味料
飲料
購物
物品描述

## ▶ *04 在餐廳*

| 中文 / 英文 | 韓文 / 羅馬拼音 / 請用注音說說看 |
|---|---|
| 韓式簡餐店<br>Korean Restaurant -<br>serving quick & easy<br>meals | **분식점**<br>bun-sik-jjeom<br>ㄆㄨ-ㄣ ㄒㄧ-ㄍ, ㄑㄧㄠ-ㄇ |
| 早餐<br>Breakfast | **아침식사**<br>a-chim-sik-ssa<br>ㄚ ㄑㄧ-ㄇ, ㄒㄧ-ㄎ ㄙㄚ |
| 午餐<br>Lunch | **런치**<br>reon-chi<br>ㄖㄡ-ㄣ ㄑㄧ |
|  | **점심**<br>jeom-sim<br>ㄐㄧㄡ ㄇㄨ, ㄒㄧ-ㄇ |
| 晚餐<br>Dinner | **저녁 식사**<br>jeo-nyeok sik-ssa<br>ㄐㄧㄡ ㄋㄧㄡ-ㄎ, ㄒㄧ-ㄎ ㄙㄚ |
| 下午茶<br>Afternoon Tea | **오후차**<br>o-hu-cha<br>ㄡ ㄏㄨ ㄑㄧㄚ |

| 準備中<br>Preparing | **준비중**<br>jun-bi-jung<br>ㄐㄧ－ㄨㄣˇ ㄅㄧ－, ㄐㄩㄥ |
|---|---|
| 營業中<br>Open | **영업중**<br>yeong-eop-jjung<br>ㄩㄥ ㄨ－ˋㄆ ㄐㄩㄥ |
| 打烊<br>Closed | **폐점**<br>pye-jeom<br>ㄆㄧㄝ ㄐㄧ－ㄨˇㄇ |
| | **영업중지**<br>yeong-eop-jjung-ji<br>ㄩㄥ ㄜˋㄆ, ㄐㄩㄥ ㄐㄧ－ |
| 買單<br>Pay the Bill | **총계산**<br>chong-gye-san<br>ㄑㄩㄥ ㄎㄟˋ ㄙㄢ |
| 服務費<br>Service Charge | **서비스료**<br>seo-bi-seu-ryo<br>ㄙㄨ ㄅㄧ－ㄙ, ㄌㄧㄨ |
| 吸菸區<br>Smoking Area | **흡연구**<br>heu-byeon-gu<br>ㄏ ㄅㄧ－ㄠˇㄣ, ㄎㄨ |
| 禁菸區<br>Non-Smoking Area | **금연구**<br>geu-myeon-gu<br>ㄎ ㄇㄧ－ㄠˇㄣ, ㄎㄨ |

| 韓式餐廳<br>Korean Restaurant | 한식점<br>han-sik-jjeom<br>厂ㄢ ㄒ一~ㄎ, ㄐ一~ㄠ~ㄇ |
|---|---|
| 中式餐廳<br>Chinese Restaurant | 중국요리점<br>jung-gu-gyo-ri-jeom<br>ㄑ一~ㄨ~ㄥ ㄍㄨ~ㄎ, 一ㄡ ㄖ一, ㄑ一~ㄠ~ㄇ |
| 西式餐廳<br>Western Restaurant | 양식 레스토랑<br>yang-sik re-seu-to-rang<br>一ㄤ ㄒ一~ㄎ, ㄖㄟ ㄙ ㄊㄡ ㄖㄤ |
| 日式餐廳<br>Japanese Restaurant | 일본요리점<br>il-bo-nyo-ri-jeom<br>一~ㄖ ㄅㄡ~ㄅ, 一ㄡ ㄖ一, ㄑ一~ㄠ~ㄇ |
| 酒吧<br>Bar | 라운지 바<br>ra-un-ji ba<br>ㄖㄚ ㄨ~ㄣ ㄐ一 ㄅㄚ |
| 啤酒屋<br>Beer House | 호프<br>ho-peu<br>厂ㄡ ㄆ |
| 路邊小吃攤<br>Roadside Stand | 포장마차<br>po-jang-ma-cha<br>ㄆㄡ ㄐ一~ㄤ, ㄇㄚ ㄑ一ㄚ |
| 海產店<br>Seafood Market &<br>Restaurant | 해물집<br>hae-mul-jip<br>厂ㄟ ㄇㄨ~ㄖ, ㄐ一~ㄆ |

| | |
|---|---|
| 咖啡館<br>Coffee Shop | **카페**<br>ka-pe<br>ㄎㄚ ㄆㄟ |
| 餐具<br>Tableware | **식기**<br>sik-kki<br>ㄒㄧ ㄍㄧ |
| | **그릇**<br>geu-reut<br>ㄎ ㄖ ~ㄊ |
| 杯子<br>Cup | **컵**<br>keop<br>ㄎ�openㄡ ~ㄆ |
| 玻璃杯<br>Glass / Tumbler | **유리잔**<br>yu-ri-jan<br>ㄧ ~ㄨ ㄖㄧ, ㄐㄧㄚ ~ㄢ |
| 茶杯<br>Tea cup | **찻잔**<br>chat-jjan<br>ㄑㄧㄚ, ㄐㄧㄚ ~ㄢ |
| 鍋子<br>Boiler / Pan /<br>Pot / Fryer | **냄비**<br>naem-bi<br>ㄋㄟ ~ㄇ, ㄅㄧ |
| 炒菜用鍋子<br>Frying Pan | **후라이 판**<br>hu-ra-i pan<br>ㄏㄨ ㄖㄚ ㄧ ㄆㄢ |

機場

韓國<br>地名

住宿

餐廳

韓式<br>菜單

味道

肉類<br>食物

蔬菜<br>食物

調味<br>料

飲料

購物

物品<br>描述

| | |
|---|---|
| 碗<br>Bowl | **그릇**<br>geu-reut<br>ㄎ~ㄖ~ㄅ |
| 盤子<br>Dish / Plate | **접시**<br>jeop-ssi<br>ㄑ~ㄡ~ㄆ ㄒㄧ |
| 刀子<br>Knife | **칼**<br>kal<br>ㄎㄚ~ㄖ |
| | **나이프**<br>na-i-peu<br>ㄋㄚ ㄧ ㄆㄨ |
| 叉子<br>Fork | **포크**<br>po-keu<br>ㄆㄡ ㄎ |
| 筷子<br>Chopsticks | **젓가락**<br>jeot-kka-rak<br>ㄑ~ㄡ ㄍㄚ ㄖㄚ~ㄎ |
| 湯匙<br>Spoon | **스픈**<br>seu-peun<br>ㄙ ㄆㄨ~ㄣ |
| | **숫가락** (韓式 鐵製 長條的)<br>Su-ka-rak<br>ㄙㄨ ㄍㄚ ㄖㄚ~ㄎ |

| | |
|---|---|
| 濕紙巾<br>Wet Tissue Paper | **물티슈**<br>mul-ti-syu<br>ㄇㄨˋ日．ㄊㄧ ㄒㄧㄡ |
| | **물휴지**<br>mul-hyu-ji<br>ㄇㄨˋ日．ㄏㄧㄡˋ、ㄐㄧ |
| 餐巾紙<br>Napkin | **내프킨**<br>nae-peu-kin<br>ㄋㄟ ㄆㄎㄧㄣ |
| 開瓶器<br>Corkscrew /<br>Bottle Opener | **병마개 따기**<br>byeong-ma-gae tta-gi<br>ㄆ-ㄩㄥ ㄇㄚ ㄍㄟ、ㄉㄚ ㄍㄧ |
| 開罐器<br>Can Opener | **캔따개**<br>kaen-tta-gae<br>ㄎㄟ ～ㄣ．ㄉㄚ ㄍㄟ |
| | **캔 오프너**<br>kaen o-peu-neo<br>ㄎㄟ ～ㄣ．ㄛ ㄆㄨ ㄋㄛ |
| 指甲刀<br>Nail-Clippers | **손톱깍기**<br>son-top-kkak-kki<br>ㄙㄛ～ㄣ ㄊㄡ～ㄆ．ㄍㄚ ㄍㄧ |
| 剪刀<br>Scissors | **가위**<br>ga-wi<br>ㄎㄚ ㄩ |

機場

韓國
地名

住宿

餐廳

韓式
菜單

味道

肉類
食物

蔬菜
食物

調味
料

飲料

購物

物品
描述

| | |
|---|---|
| 牙籤<br>Toothpick | **이쑤시게**<br>i-ssu-si-ge<br>ㄧ ㄙㄨ, ㄒㄧ ㄍㄟ |
| 濕毛巾<br>(擦手用餐前供應)<br>Wet Towel | **오시보리**<br>o-si-bo-ri<br>ㄡ ㄒ ㄒㄧ, ㄅㄡ ㄖㄧ |
| 衛生紙<br>Toilet Paper | **휴지**<br>hyu-ji<br>ㄏㄧˇ ㄨ, ㄐㄧ |
| 面紙<br>(Facial) Tissues | **티슈**<br>ti-syu<br>ㄊㄧ ㄒㄧ ㄡ |
| 打火機<br>Lighter | **라이타**<br>ra-i-ta<br>ㄖㄚ ㄧ ㄊㄚ |
| 火柴<br>Match | **성냥**<br>seong-nyang<br>ㄙㄨㄥ ㄋㄧ ㄤ |

▶ 05 韓式菜單

| 中文 / 英文 | 韓文 / 羅馬拼音 / 請用注音說說看 |
|---|---|
| 傳統韓式套餐<br>Traditional Korean<br>Set Meals | **한정식**<br>han-jeong-sik<br>ㄏㄢ ㄐㄩㄥ ㄒㄧˇㄎ |
| 火鍋<br>Korean Hot Pot | **샤브샤브**<br>sya-beu-sya-beu<br>ㄒㄧㄚ ㄅㄨ, ㄒㄧㄚ ㄅㄨ |
| 泡菜湯<br>Kimchi Soup<br>(Fermented<br>Vegetables Soup) | **김치국**<br>gim-chi-guk<br>ㄎㄧˉㄇ, ㄑㄧ ㄍㄨˇㄎ |
| 蔘雞湯<br>Ginseng & Chicken<br>Tonic / Soup | **삼계탕**<br>sam-gye-tang<br>ㄙㄚˇㄇ, ㄍㄟ ㄊㄤ |
| 味噌湯<br>Soy Bean Paste Soup | **된장국**<br>doen-jang-guk<br>ㄊㄨㄟˇㄣ, ㄐㄧㄤ ㄍㄨˇㄎ |
| 辣牛肉湯<br>Spicy Beef Soup | **육개장**<br>yuk-kkae-jang<br>ㄧㄡˇ ㄍㄟ ㄐㄧㄤ |

機場

韓國
地名

住宿

餐廳

韓式
菜單

味道

肉類
食物

蔬菜
食物

調味
料

飲料

購物

物品
描述

| 烤牛肉<br>Barbequed Marinated<br>Meat | **불고기**<br>bul-go-gi<br>ㄆㄨ~ㄖ, ㄍㄡ ㄎㄧ |
|---|---|
| 韓式烤肉<br>Korean BBQ | **숯불구이**<br>sut-ppul-gu-i<br>ㄙㄨ ㄅㄨ~ㄖ, ㄎㄨ ㄧ |
| 五花肉<br>3-Layer Flesh<br>(Korean Bacon) | **삼겹살**<br>sam-gyeop-ssal<br>ㄙㄚ~ㄇ ㄎㄧㄡ~ㄆ, ㄙㄚ~ㄖ |
| 包生菜<br>Lettuce Wraps | **상치쌈**<br>sang-chi-ssam<br>ㄙㄤ ㄑㄧ, ㄙㄚ~ㄇ |
| 石鍋拌飯<br>Vegetables Mixed<br>With Steamed Rice<br>(served in a heated<br>stone bowl) | **돌솥비빔밥**<br>dol-sot-ppi-bim-bap<br>ㄊㄡ~ㄖ ㄙㄨ~ㄊ, ㄆㄧ ㄅㄧ~ㄇ, ㄅㄚ~ㄆ |
| 辣拌飯<br>Rice mixed with spicy<br>sauce (served in a<br>heated stone bowl) | **비빔밥**<br>bi-bim-bap<br>ㄆㄧ ㄅㄧ~ㄇ, ㄅㄚ~ㄆ |
| 年糕湯<br>Korean Rice Cake<br>Soup(Sliced rice pasta<br>soup) | **떡국**<br>tteok-kkuk<br>ㄅㄡ ㄍㄨ~ㄎ |

| 年糕餃子湯<br>Korean Rice Cake Soup with Dumplings | 떡 만두국<br>tteong-man-du-guk<br>ㄉㄛˋ-ㄍ ㄇㄢ ㄉㄨ, ㄍㄨˋ-ㄎ |
| 泡菜煎餅<br>Korean Style Pancake with Kimchi (Fermented Vegetables) | 김치 부칭게<br>gim-chi bu-ching-ge<br>ㄎㄧ-ㄇ ㄑㄧ, ㄆㄨ ㄑㄧㄥ ㄍㄟ |
| 海鮮煎餅<br>Korean Seafood Pancake | 해삼물 부칭게<br>hae-sam-mul bu-ching-ge<br>ㄏㄟ ㄙㄚ ㄇㄨ-ㄖ, ㄆㄨ ㄑㄧㄥ ㄍㄟ |
| 炸薯片<br>Korean Fried Chips | 고구마 튀김<br>go-gu-ma twi-gim<br>ㄎㄡ ㄍㄨ ㄇㄚ, ㄊㄨ ㄧ, ㄎㄧ-ㄇ |
| 鮑魚粥<br>Abalone Porridge | 전복죽<br>jeon-bok-jjuk<br>ㄑㄧㄠˋ-ㄣ ㄆㄡˋ-ㄎ, ㄑㄧˋ-ㄨˋ-ㄎ |
| 韓國鬆糕<br>Rice Cake Served at Chuseok (Mid-Autumn Festival) | 송편<br>song-pyeon<br>ㄙㄨㄥ ㄆㄧㄠˋ-ㄣ |
| 海苔(紫菜)捲飯<br>Rice Rolled in Laver (Seaweed) | 김밥<br>gim-bap<br>ㄎㄧ-ㄇ ㄆㄚˋ-ㄣ |

機場<br>韓國地名<br>住宿<br>餐廳<br>韓式菜單<br>味道<br>肉類食物<br>蔬菜食物<br>調味料<br>飲料<br>購物<br>物品描述

| 蕎麥冷麵<br>Hand-Made<br>Buckwheat Cold<br>Noodles | 냉면<br>naeng-myeon<br>ㄋㄟ ㄇㄧㄠˉㄣ |
|---|---|
| 韓式炸醬麵<br>Noodles with Black<br>Bean Paste | 짜장면<br>jja-jang-myeon<br>ㄐㄧㄚ ㄐㄧㄤ ㄇㄧㄠˉㄣ |
| 韓國辣椒醬<br>Hot Chilli Pepper<br>Paste | 고추장<br>go-chu-jang<br>ㄎㄡ ㄑㄧˉㄨ ㄐㄧㄤ |
| 烤魷魚<br>Grilled Squid | 오징어구이<br>o-jing-eo-gu-i<br>ㄡ ㄐㄧㄥ ㄜˋㄎㄨㄧ |
| 韓國真露燒酒<br>Jinro Soju (Korean<br>Wine) | 진로소주<br>jil-lo-so-ju<br>ㄑㄧㄣ ㄌㄡˋㄥㄨ ㄐㄧˉㄨ |
| 辣炒雞排<br>Korean Spicy Chicken | 춘천닭갈비<br>chun-cheon-dak-kkal-ppi<br>ㄑㄧˋㄨㄣ ㄑㄧㄠˉㄣ, ㄊㄚ ㄍㄚˋㄖ ㄅㄧ |
| 辣炒年糕<br>Korean Spicy Rice<br>Cakes (Rice Pasta and<br>Vegetables Simmered<br>in Spicy Sauce) | 떡볶이<br>tteok-ppo-kki<br>ㄅㄡ ㄅㄡ ㄍㄧ |

| | |
|---|---|
| 炒栗子<br>Stir-Fried Chestnuts | **군밤**<br>gun-bam<br>ㄎㄨ-ㄣ ㄅㄚ-ㄇ |
| 魚漿卷（黑輪）<br>Fish Cake<br>Combination | **오뎅**<br>o-deng<br>ㄡ ㄉㄟ-ㄥ |
| 豬血腸鍋<br>Korean Pork Blood<br>Soup | **순대국**<br>sun-dae-guk<br>ㄙㄨ-ㄣ ㄉㄟ ㄍㄨ-ㄎ |
| 豬血腸<br>Pork Blood Sausage | **순대**<br>sun-dae<br>ㄙㄨ-ㄣ ㄉㄟ |
| 部隊鍋<br>South Korea Troops<br>Pot | **부대찌개**<br>bu-dae-jji-gae<br>ㄆㄨ ㄉㄟ, ㄐㄧ ㄍㄟ |
| 韓式豬骨<br>燉馬鈴薯<br>Pork Bone and Potato<br>Soup | **감자탕**<br>gam-ja-tang<br>ㄎㄚ-ㄇ ㄐㄧㄚ ㄊㄤ |

▶ *06* 味　道

| 中文 / 英文 | 韓文 / 羅馬拼音 / 請用注音說說看 |
|---|---|
| 酸<br>Sour | **시다 / 맛이 시다.**<br>si-da / Ma-si si-da.<br>ㄒㄧ ㄅㄚ / ㄇㄚ ㄒㄧ. ㄒㄧ ㄅㄚ<br>譯註：맛이是味道的意思。<br>可依狀況加或不加。 |
| 甜<br>Sweet | **(맛이) 달다.**<br>(Ma-si) dal-tta.<br>(ㄇㄚ ㄒㄧ) ㄊㄚ ~ㄖ ㄅㄚ |
| 苦<br>Bitter | **(맛이) 쓰다.**<br>(Ma-si) sseu-da.<br>(ㄇㄚ ㄒㄧ) ㄙ ㄅㄚ |
| 辣<br>Spicy | **(맛이) 맵다.**<br>(Ma-si) maep-tta.<br>(ㄇㄚ ㄒㄧ) ㄇㄟ ~ㄅ ㄅㄚ |
| 鹹<br>Salty | **(맛이) 짜다.**<br>(Ma-si) jja-da.<br>(ㄇㄚ ㄒㄧ) ㄐㄧㄚ ㄅㄚ |
| 好吃<br>Yummy | **맛있다.**<br>Ma-sit-tta.<br>ㄇㄚ ㄒㄧ ㄅㄚ |

| | |
|---|---|
| 不好吃<br>Unsavory | 맛이 없다.<br>Ma-si eop-tta.<br>ㄇㄚ ㄒㄧ, ㄡ-ㄆ ㄉㄚ |
| 淡(濃度不夠)<br>Insipid | (맛이) 덤덤하다.<br>(Ma-si) deom-deom-ha-da.<br>(ㄇㄚ ㄒㄧ) ㄊㄡ-ㄇ ㄊㄡ ㄇㄚ ㄉㄚ |
| 燙<br>Hot | 뜨겁다.<br>Tteu-geop-tta.<br>ㄉ ㄍㄡ-ㄆ ㄉㄚ |
| 涼<br>Cool | 차다.<br>Cha-da.<br>ㄑㄧㄚ ㄉㄚ |
| 太熟<br>Overcooked | 너무 익었다.<br>Neo-mu i-geot-tta.<br>ㄋㄡ ㄇㄨ, ㄧ ㄍㄡ ㄉㄚ |
| 沒熟<br>Undercooked | 덜 익었다.<br>Deol i-geot-tta.<br>ㄊㄡ-ㄖ, ㄧ ㄍㄡ ㄉㄚ |
| 一點點<br>A Bit | 쪼금<br>jjo-geum<br>ㄐㄧㄡ ㄍ-ㄇ |
| 多一點<br>More | 많이<br>ma-ni<br>ㄇㄚㄋㄧ |

# ▶ 07 肉類、海鮮食物

mp3-07

| 中文 / 英文 | 韓文 / 羅馬拼音 / 請用注音說說看 |
|---|---|
| 牛肉<br>Beef | **소고기 / 쇠고기**<br>so-go-gi / soe-go-gi<br>ㄙㄡ ㄍㄡ ㄍㄧ / ㄙㄨㄟ ㄍㄡ ㄍㄧ |
| 豬肉<br>Pork | **돼지고기**<br>dwae-ji-go-gi<br>ㄊㄨㄟ ㄐㄧ, ㄎㄡ ㄍㄧ |
| 雞肉<br>Chicken | **닭고기**<br>dal-kko-gi<br>ㄊㄚ ㄍㄡ ㄍㄧ |
| 火腿<br>Ham | **햄**<br>haem<br>ㄏㄟˋㄇ |
| 魚<br>Fish | **생선**<br>saeng-seon<br>ㄙㄟˋㄥ, ㄙㄡˋㄣ |
| 秋刀魚<br>Pacific Pike | **꽁치**<br>kkong-chi<br>ㄍㄨㄥ ㄑㄧ |
| 章魚<br>Octopus | **장어**<br>jang-eo<br>ㄑㄧㄤ ㄡ |

| 烏賊<br>Squid | 오징어<br>o-jing-eo<br>�openㄥ一ㄥ open |
|---|---|
| 蝦子<br>Shrimp | 새우<br>sae-u<br>ㄙㄟ ㄨ |
| 螃蟹<br>Crab | 멍게<br>meong-ge<br>ㄇㄨㄥ ㄍㄟ |
| 海參<br>Sea Cucumber | 해삼<br>hae-sam<br>ㄏㄟ ㄙㄚ-ㄇ |

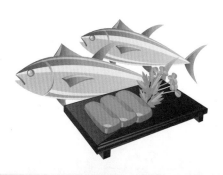

機場

韓國地名

住宿

餐廳

韓式菜單

味道

肉類食物

蔬菜食物

調味料

飲料

購物

物品描述

## ▶ 08 蔬菜、水果食物

mp3-08

| 中文 / 英文 | 韓文 / 羅馬拼音 / 請用注音說說看 |
|---|---|
| 大白菜<br>Chinese Cabbage | 배추<br>bae-chu<br>ㄆㄟ ㄑㄧ -ㄨ |
| 高麗菜<br>Cabbage | 양배추<br>yang-bae-chu<br>ㄧㄤ ㄆㄟ ㄑㄧ -ㄨ |
| | 카베츠<br>ka-be-cheu<br>ㄎㄚ ㄆㄟ ㄘ |
| 花椰菜<br>Cauliflower | 블로코리<br>beul-lo-ko-ri<br>ㄆㄨ ㄌㄡ, ㄎㄡ ㄖㄧ |
| 菠菜<br>Spinach | 시금치<br>si-geum-chi<br>ㄒㄧ, ㄎ -ㄇ ㄑㄧ |
| 玉米<br>Sweet Corn | 옥수수<br>ok-ssu-su<br>ㄡ -ㄎ, ㄙㄨ ㄙㄨ |
| 香菇<br>Mushroom | 버섯<br>beo-seot<br>ㄆㄡ ㄙㄡ -ㄊ |

| 洋蔥<br>Onion | **양파**<br>yang-pa<br>ㄧ� ㄆㄚ |
|---|---|
| 青椒<br>Blue Pepper | **피만**<br>pi-man<br>ㄆㄧ ㄇㄢ |
| 小黃瓜<br>Cucumber | **오이**<br>o-i<br>ㄡ ㄧ |
| 紅蘿蔔<br>Carrot | **홍당무**<br>hong-dang-mu<br>ㄏㄨㄥ ㄉㄤ ㄇㄨ |
| 番茄<br>Tomato | **토마토**<br>to-ma-to<br>ㄊㄡ ㄇㄚ ㄊㄡ |
| 蘆筍<br>Asparagus | **아스파라**<br>a-seu-pa-ra<br>ㄚ ㄙ ㄆㄚ ㄖㄚ |
| 馬鈴薯<br>Patato | **감자**<br>gam-ja<br>ㄎㄚ-ㄇ ㄐㄧㄚ |
| 薑<br>Ginger | **생강**<br>saeng-gang<br>ㄙㄟ-ㄥ ㄍㄤ |

機場
韓國地名
住宿
餐廳
韓式菜單
味道
肉類食物
蔬菜食物
調味料
飲料
購物
物品描述

| 辣椒<br>Chili | **고추**<br>go-chu<br>ㄎㄡ ㄑㄧˋㄨ |
|---|---|
| 大蒜<br>Garlic | **마늘**<br>ma-neul<br>ㄇㄚ ㄋ ˋㄖ |
| 蘋果<br>Apple | **사과**<br>sa-gwa<br>ㄙㄚ ㄍㄨㄚ |
| 桃子<br>Peach | **복숭아**<br>bok-ssung-a<br>ㄆㄡˋㄎ ㄙㄨˋㄥ ㄚ |
| 李子<br>Plum | **자두**<br>bok-ssung-a<br>ㄑㄧㄚ ㄉㄨ |
| 西瓜<br>Watermelon | **수박**<br>su-bak<br>ㄙㄨ ㄅㄚˋㄎ |
| 木瓜<br>Papaya | **파파이아**<br>pa-pa-i-a<br>ㄆㄚ ㄆㄚ ㄧ ㄧㄚ |
| 香瓜<br>Oriental Melon | **참외**<br>cha-moe<br>ㄑㄧㄚ ㄇㄟ |

| 香蕉<br>Banana | **바나나**<br>ba-na-na<br>ㄅㄚ ㄋㄚ ㄋㄚ |
|---|---|
| 葡萄<br>Grape | **포도**<br>po-do<br>ㄆㄡ ㄅㄡ |
| 梨子<br>Pear | **배**<br>bae<br>ㄆㄟ |
| 草莓<br>Strawberry | **딸기**<br>ttal-kki<br>ㄅㄚ~ㄖ ㄍㄧ |
| 鳳梨<br>Pineapple | **파인애플**<br>pa-i-nae-peul<br>ㄆㄚ ㄧ. ㄋㄟ ㄆㄨ~ㄖ |
| 橘子<br>Tangerine | **귤**<br>gyul<br>ㄎㄧ~ㄨ~ㄖ |
| 檸檬<br>Lemon | **레몬**<br>re-mon<br>ㄖㄟ ㄇㄨㄥ |
| 橙／柳丁<br>Orange | **오렌지**<br>o-ren-ji<br>ㄡ ㄖㄟ~ㄣ ㄐㄧ |

機場<br>韓國地名<br>住宿<br>餐廳<br>韓式菜單<br>味道<br>肉類食物<br>蔬菜食物<br>調味料<br>飲料<br>購物<br>物品描述

| | |
|---|---|
| 葡萄柚<br>Grapefruit | **그래프후루츠**<br>geu-rae-peu-hu-ru-cheu<br>《 ㄖㄟ ㄆㄨ,ㄏㄨ ㄖㄨ ㄘ |
| 奇異果<br>Kiwifruit | **키우이 후루츠**<br>ki-u-i hu-ru-cheu<br>ㄎㄧ ㄨ ㄧ,ㄏㄨ ㄖㄨ ㄘ |
| 櫻桃<br>Cherry | **앵두**<br>aeng-du<br>ㄟˊㄥ ㄉㄨ |

# ▶ 09 調味料

 mp3-09

| 中文 / 英文 | 韓文 / 羅馬拼音 / 請用注音說說看 |
|---|---|
| 醬油<br>Soy Sauce | **간장**<br>gan-jang<br>ㄎㄢ ㄐㄧㄤ |
| 鹽<br>Salt | **소금**<br>so-geum<br>ㄥㄨ ㄎ~ㄇ |
| 糖<br>Sugar | **설탕**<br>seol-chang<br>ㄥㄨ~ㄖ ㄊㄤ |
| 醋<br>Vinegar | **식초**<br>sik-cho<br>ㄒㄧ~ㄎ ㄑㄧㄡ |
| 辣椒粉<br>Chili Powder | **고추가루**<br>go-chu-ga-ru<br>ㄎㄡ ㄑㄧㄨ ㄍㄚ ㄖㄨ |
| 胡椒粉<br>Pepper | **후추가루**<br>hu-chu-ga-ru<br>ㄏㄨ ㄑㄧㄨ ㄍㄚ ㄖㄨ |
| 黑胡椒<br>Black Pepper | **블랙페퍼**<br>beul-laek-pe-peo<br>ㄅㄨ ㄌㄟ~ㄎ ㄆㄟ ㄆㄡ |

機場

韓國地名

住宿

餐廳

韓式菜單

味道

肉類食物

蔬菜食物

調味料

飲料

購物

物品描述

| 味噌醬<br>Soy Bean Paste | 된장<br>doen-jang<br>ㄊㄨㄟ ~ㄣ ㄐㄧ~ㄤ |
|---|---|
| 蕃茄醬<br>Tomato Ketchup | 토마토 케챂<br>to-ma-to ke-chyap<br>ㄊㄡㄇㄚ ㄊㄡ, ㄎㄟ ㄑㄧ~ㄚ~ㄆ |
| 綠色芥末(哇沙米)<br>Japanese Horseradish<br>(Wasabi) | 와사비 (日式)<br>wa-sa-bi<br>ㄨㄚ ㄙㄚ ㄅㄧ |
| | 겨자 (韓式)<br>gyeo-ja<br>ㄎㄧㄡ ㄐㄧㄚ |
| 黃色的芥末醬<br>（西式）<br>Mustard | 마스타드 (西式)<br>ma-seu-ta-deu<br>ㄇㄚ ㄙ ㄊㄚ ㄉ |
| 果醬<br>Jam | 쨈<br>jjaem<br>ㄐㄧㄝ ~ㄇ |

## ▶ 10 飲 料

mp3-10

| 中文 / 英文 | 韓文 / 羅馬拼音 / 請用注音說說看 |
|---|---|
| 冰水<br>Ice Water | 냉수<br>naeng-su<br>ㄋㄟ-ㄥ ㄙㄨ |
| 熱水<br>Hot Water | 뜨거운 물 (熱水)<br>tteu-geo-un mul<br>ㄅㄚ ㄅ ㄊㄤ, ㄇㄨ-ㄖ |
| 溫水<br>Warm Water | 온수<br>on-su<br>ㄡ-ㄣ ㄙㄨ |
| 冷溫水<br>Cool Water | 냉온수 (冷溫水)<br>naeng-on-su<br>ㄋㄟ-ㄥ ㄡ-ㄣ ㄙㄨ |
| | 미지근한 물<br>mi-ji-geun-han mul<br>ㄇㄧ ㄐㄧ ㄍ, ㄋㄢ ㄇㄨ-ㄖ |
| 牛奶<br>Milk | 우유<br>u-yu<br>ㄨ ㄧ-ㄡ |
| | 밀크<br>mil-keu<br>ㄇㄧ-ㄖ ㄨ ㄎ |
| 咖啡<br>Coffee | 커피<br>keo-pi<br>ㄎ ㄡ ㄆㄧ |

機場
韓國地名
住宿
餐廳
韓式菜單
味道
肉類食物
蔬菜食物
調味料
飲料
購物
物品描述

| 拿鐵<br>Latte | **라떼**<br>ra-tte<br>ㄖㄚ ㄉㄟ |
| --- | --- |
| 卡布奇諾<br>Cappuccino | **카푸치노**<br>ka-pu-chi-no<br>ㄎㄚ ㄆㄨ ㄑㄧ ㄋㄡ |
| 摩卡咖啡<br>Mocha | **모카 커피**<br>mo-ka keo-pi<br>ㄇㄡ ㄎㄚ, ㄎㄛ ㄆㄧ |
| 義式咖啡<br>Espresso | **에스프레소 커피**<br>e-seu-peu-re-so keo-pi<br>ㄟ ㄙㄆ ㄖㄟ ㄙㄡ, ㄎㄛ ㄆㄧ |
| 果汁<br>Juice | **쥬스**<br>jyu-seu<br>ㄐㄧ ㄡㄙ |
| 蘆薈汁<br>Aloe Juice | **알로에 쥬스**<br>al-lo-e jyu-seu<br>ㄚ ㄌㄡ ㄟ, ㄐㄧ ㄡㄙ |
| 梨汁<br>Pear Juice | **배즙**<br>bae-jeup<br>ㄆㄟ ㄗ ㄆ |
| 香蕉牛奶<br>Banana Milk | **바나나 밀크 쉐이크**<br>ba-na-na mil-keu swe-i-keu<br>ㄅㄚ ㄋㄚㄋㄚ, ㄇㄧ ㄖ ㄎ, ㄒㄩ ㄝ ㄧ ㄎ |
| 可樂<br>Coke | **콜라**<br>kol-la<br>ㄎㄡ ㄌㄚ |

| 可可亞<br>Cocoa | 코코아<br>ko-ko-a<br>ㄎㄡ ㄎㄡ ㄨㄚ |
| --- | --- |
| 烏龍茶<br>Oolong Tea | 우롱차<br>u-rong-cha<br>ㄨ ㄖㄨㄥ ㄑㄧㄚ |
| 綠茶<br>Green Tea | 녹차<br>nok-cha<br>ㄋㄡ~ㄎ ㄑㄧㄚ |
| 紅茶<br>Black Tea | 홍차<br>hong-cha<br>ㄏㄨㄥ ㄑㄧㄚ |
| 奶茶<br>Tea With Milk<br>(Milk Tea) | 밀크 티<br>mil-keu ti<br>ㄇㄧ~ㄖ ㄎ ㄊㄧ |
| 麥茶<br>Korean Roasted<br>Barley Tea | 보리차<br>bo-ri-cha<br>ㄆㄡ ㄌㄧ ㄑㄧㄚ |
| 甜酒釀<br>Sweet Fermented Rice<br>Soup | 식혜<br>si-kye<br>ㄒㄧ ㄎㄟ |
| 酒<br>Alcoholic Drinks | 술<br>sul<br>ㄙㄨ~ㄖ |
| 啤酒<br>Beer | 맥주<br>maek-jju<br>ㄇㄟ~ㄍ, ㄐㄧ~ㄨ |
| 百歲酒<br>(literally "100 years<br>wine") | 백수주<br>baek-ssu-ju<br>ㄆㄟ~ㄎ ㄙㄨ, ㄐㄧ~ㄨ |

機場 韓國地名 住宿 餐廳 韓式菜單 味道 肉類食物 蔬菜食物 調味料 飲料 購物 物品描述

## ▶ 11 購 物

| 中文 / 英文 | 韓文 / 羅馬拼音 / 請用注音說說看 |
|---|---|
| 人蔘<br>Ginseng | **인삼**<br>in-sam<br>ㄧㄣ ㄙㄚ-ㄇ |
| 泡菜<br>Kimchi (Fermented<br>Vegetables) | **김치**<br>gim-chi<br>ㄎㄧ-ㄇ. ㄑㄧ |
| 海苔<br>Dried Laver | **김**<br>gim<br>ㄎㄧ-ㄇ |
| 柚子茶<br>Korean Citron Tea | **유자차**<br>yu-ja-cha<br>ㄧㄡ ㄐㄧㄚ ㄑㄧㄚ |
| 泡麵<br>Instant Noodles | **라면**<br>ra-myeon<br>ㄖㄚ ㄇㄧㄡ-ㄣ |
| 烏龍麵<br>Udon Noodles | **우동**<br>u-dong<br>ㄨ ㄉㄨㄥ |
| 韓服<br>Korean Traditional<br>Dress | **한복**<br>han-bok<br>ㄏㄢ ㄅㄡ-ㄎ |

| | |
|---|---|
| T恤<br>T-Shirt | **티셔츠**<br>ti-syeo-cheu<br>ㄊㄧ ㄒㄧㄚ ㄘ |
| 襯衫<br>Shirts | **와이셔츠**<br>wa-i-syeo-cheu<br>ㄨㄚ ㄧ.ㄒㄧㄚ ㄘ |
| 西裝（洋服）<br>Western-Style Clothes<br>/ Business Suits | **양복**<br>yang-bok<br>ㄧㅊ ㄅㄡˋㄅ |
| 洋裝<br>Dress | **여성복**<br>yeo-seong-bok<br>ㄧㄡ ㄙㄨㄥ.ㄅㄡˋㄅ |
| 毛線衣<br>Sweater | **쉐타**<br>swe-ta<br>ㄙㄨㄟ ㄊㄚ |
| 外套<br>Coat / Outer Garmet | **코트**<br>ko-teu<br>ㄎㄡ ㄊ |
| 內衣<br>Underwear | **속옷**<br>so-got<br>ㄙㄡ ㄍㄡˋㄊ |
| 內褲<br>Panties | **팬티**<br>paen-ti<br>ㄆㄟ.ㄅ ㄊㄧ |

機場<br>韓國地名<br>住宿<br>餐廳<br>韓式菜單<br>味道<br>肉類食物<br>蔬菜食物<br>調味料<br>飲料<br>購物<br>物品描述

| 褲子<br>Trousers / Pants | **바지**<br>ba-ji<br>ㄅㄚ ㄐㄧ— |
|---|---|
| 裙子<br>Skirt | **치마**<br>chi-ma<br>ㄑㄧ ㄇㄚ |
| | **스커트**<br>seu-keo-teu<br>ㄙ ㄎㄡ ㄊ |
| 帽子<br>Hat | **모자**<br>mo-ja<br>ㄇㄡ ㄐㄧㄚ |
| 領帶<br>Necktie | **넥타이**<br>nek-ta-i<br>ㄋㄟ-ㄎ ㄊㄞㄚ ㄧ |
| 襪子<br>Socks | **양말**<br>yang-mal<br>ㄧㄤ ㄇㄚ-ㄖ |
| 絲襪<br>Silk Socks | **스터킹**<br>seu-teo-king<br>ㄙ ㄊㄡ ㄎㄧ-ㄥ |
| 運動鞋<br>Sports Shoes | **운동화**<br>un-dong-hwa<br>ㄨㄣ ㄉㄨㄥ ㄏㄨㄚ |

| 皮鞋<br>Leather Shoes | 구두<br>gu-du<br>ㄎㄨㄅㄨ |
| --- | --- |
| 高跟鞋<br>High Heels | 하이힐<br>ha-i-hil<br>ㄏㄚㄧˇ,ㄏㄧˇ日 |
| 涼鞋<br>Sandals | 샌달<br>saen-dal<br>ㄙㄟ-ㄣㄅㄚ-日 |
| 靴子<br>Boots | 부츠<br>bu-cheu<br>ㄆㄨㄘ |
| 拖鞋 / 室內便鞋<br>Slippers | 슬립퍼<br>seul-lip-peo<br>ㄙ ㄌㄧ- ㄆㄜ |
| 手帕<br>Handkerchief | 수건<br>su-geon<br>ㄙㄨㄍㄡˇㄣ |
| 手套<br>Gloves | 장갑<br>jang-gap<br>ㄑㄧㄤˇㄍㄚˇㄆ |
| 圍巾<br>Neckerchief | 목도리<br>mok-tto-ri<br>ㄇㄡˇㄎ,ㄅㄡ 日ㄧ |

機場<br>韓國地名<br>住宿<br>餐廳<br>韓式菜單<br>味道<br>肉類食物<br>蔬菜食物<br>調味料<br>飲料<br>購物<br>物品描述

| 皮帶<br>Leather Belt | **벨트**<br>bel-teu<br>ㄆㄟˋ ㄖ ㄊㄨˋ |
|---|---|
| 眼鏡<br>Eyeglasses | **안경**<br>an-gyeong<br>ㅊ 《ㄧˊ ㄩㄥ |
| 太陽眼鏡<br>Sunglasses | **선그라스**<br>seon-geu-ra-seu<br>ㄙㄨㄥ ㄍ ㄖㄚ ㄙ |
| 項鍊<br>Necklace | **목걸이**<br>mok-kkeo-ri<br>ㄇㄡ 《ㄡ ㄖㄧ |
| 手錶<br>Watch | **손목 시계**<br>son-mok si-gye<br>ㄙㄡˊ ㄅ ㄇㄡ ㄅˋ,ㄒㄧ 《ㄟ |
| 戒指<br>Ring | **반지**<br>ban-ji<br>ㄆㄢ ㄐㄧ |
| 耳環<br>Earrings | **귀걸이**<br>gwi-geo-ri<br>ㄎㄩ 《ㄡ ㄖㄧ |

## ▶ 12 物品描述

| 中文 / 英文 | 韓文 / 羅馬拼音 / 請用注音說說看 |
| --- | --- |
| 太大<br>Too Big | **크다.**<br>Keu-da.<br>ㅋ ㄉㄚ |
| 太小<br>Too Small | **작다.**<br>Jak-tta.<br>ㄑㄧㄚ-ㄍ ㄉㄚ |
| 太輕<br>Too Light in Weight | **가볍다.**<br>Ga-byeop-tta.<br>ㄎㄚ ㄅㄧㄡ-ㄆ ㄉㄚ |
| 太重<br>Too Heavy | **무겁다.**<br>Mu-geop-tta.<br>ㄇㄨ ㄍㄡ-ㄆ ㄉㄚ |
| 太長<br>Too Long | **길다.**<br>Gil-da.<br>ㄎㄧ-ㄖ ㄉㄚ |
| 太短<br>Too Short | **짧다.**<br>Jjap-tta.<br>ㄐㄧㄚ-ㄖ-ㄅ ㄉㄚ |
| 太軟<br>Too Soft | **너무 약하다.**<br>Neo-mu ya-ka-da.<br>ㄋㄡㄇㄨ-ㄧㄚ ㄎㄚ ㄉㄚ |

機場

韓國地名

住宿

餐廳

韓式菜單

味道

肉類食物

蔬菜食物

調味料

飲料

購物

物品描述

| | |
|---|---|
| 太硬<br>Too Hard /<br>Too Stiff | **딱딱하다.**<br>Ttak-tta-ka-da.<br>ㄉㄚˋㄎ, ㄉㄚ ㄎㄚ ㄉㄚ |
| 太寬<br>Too Broad /<br>Too Wide | **너무 넓다.**<br>Neo-mu neop-da.<br>ㄋㄡ ㄇㄨ, ㄋㄡ ㄅ ㄉㄚ |
| 太窄<br>Too Narrow | **너무 좁다.**<br>Neo-mu jop-tta .<br>ㄋㄡ ㄇㄨ, ㄑㄧㄡ ㄅ ㄉㄚ |
| 太厚<br>Too Thick | **두껍다.**<br>Du-kkeop-tta .<br>ㄊㄨ ㄍㄡ ㄅ ㄉㄚ |
| 太薄<br>Too Thin /<br>Too Flimsy /<br>Too Slender | **얇다.**<br>Yap-tta .<br>ㄧㄚ ㄖ ㄅ ㄉㄚ |
| 方型<br>Square | **사각형**<br>Sa-ga-kyeong<br>ㄙㄚ ㄍㄚ ㄎㄩㄥ |
| 圓型<br>Round | **원형**<br>Won-hyeong<br>ㄨㄛ ㄋㄧ ㄩㄥ |

| 太貴<br>Too Expensive | 비싸요.<br>Bi-ssa-yo.<br>ㄆㄧ ㄙㄚ ㄧㄡ |
| --- | --- |
| 好便宜<br>Cheap | 싸네요.<br>Ssa-ne-yo.<br>ㄙㄚ ㄋㄟ ㄧㄡ |

機場

韓國
地名

住宿

餐廳

韓式
菜單

味道

肉類
食物

蔬菜
食物

調味
料

飲料

購物

物品
描述

▶ *13* 顏　色

| 中文 / 英文 | 韓文 / 羅馬拼音 / 請用注音說說看 |
|---|---|
| 紅色<br>Red | **빨강**<br>ppal-kkang<br>ㄅㄚ~ㄖ ㄍㄤ |
| 橙色<br>Orange | **주황**<br>ju-hwang<br>ㄑㄧ~ㄨ ㄏㄨㄤ |
| 粉紅色<br>Pink | **분홍**<br>bun-hong<br>ㄆㄨ ㄋㄨㄥ |
| 黃色<br>Yellow | **노랑**<br>no-rang<br>ㄋㄡ ㄖㄤ |
| 綠色<br>Green | **녹색**<br>nok-ssaek<br>ㄋㄡ~ㄎ, ㄙㄟ~ㄍ |
| 棕色<br>Brown | **갈색**<br>gal-ssaek<br>ㄎㄚ ㄖ, ㄙㄟ~ㄍ |
| 藍色<br>Blue | **남색**<br>nam-saek<br>ㄋㄚ~ㄇ, ㄙㄟ~ㄍ |

| 紫色<br>Purple | **보라색**<br>bo-ra-saek<br>ㄅㄡ ㄖㄚ, ㄙㄟ ~ㄍ |
|---|---|
| 黑色<br>Black | **검정색**<br>geom-jeong-saek<br>ㄎㄡ ~ㄇ, ㄐㄩㄥ ㄙㄟ ~ㄍ |
| 白色<br>White | **하얀색**<br>ha-yan-saek<br>ㄏㄚ ㄧㄤ, ㄙㄟ ~ㄍ |
| 灰色<br>Gray | **회색**<br>hoe-saek<br>ㄏㄨㄟ ㄙㄟ ~ㄍ |
| 深色<br>Dark Color | **짙은색**<br>ji-teun-saek<br>ㄑㄧ ㄊㄣ, ㄙㄟ ~ㄍ |
| 淺色<br>Light Color | **옅은색**<br>yeo-teun-saek<br>ㄧㄡ ㄊㄣ, ㄙㄟ ~ㄍ |
| 透明<br>Transparent | **투명**<br>tu-myeong<br>ㄊㄨ ㄇㄧㄡ ~ㄥ |

顏色
交通工具
方位位置
建築物
藥局
身體部分
職業稱謂
數字
時間
日期
銀行
郵局

## ▶ 14 交通工具

| 中文 / 英文 | 韓文 / 羅馬拼音 / 請用注音說說看 |
|---|---|
| 腳踏車<br>Bicycle | **자전거**<br>ja-jeon-geo<br>ㄑㄧㄚ ㄐㄩㄥ ㄎㄡ |
| 摩托車/機車<br>Motorcycle /<br>Autobike | **오토바이**<br>o-to-ba-i<br>ㄡ ㄊㄡ ㄅㄚ ㄧ |
| 公車<br>Bus | **버스**<br>beo-seu<br>ㄅㄡ ㄙ |
| 汽車<br>Car / Automobile | **자동차**<br>ja-dong-cha<br>ㄐㄧㄚ ㄅㄨㄥ ㄑㄧㄚ |
| 計程車<br>Taxi | **택시**<br>taek-ssi<br>ㄊㄟ ˋㄎ ㄒㄧ |
| 貨車<br>Wagon / Truck | **트럭**<br>teu-reok<br>ㄊ ㄖㄡ ˋㄎ |
| 火車<br>Train | **기차**<br>gi-cha<br>ㄎㄧ ㄑㄧㄚ |

| 捷運<br>Rapid Transit | **지하철**<br>ji-ha-cheol<br>ㄐㄧ～ㄏㄚ～ㄑㄧ～ㄡ～ㄖ |
| 高速鐵路<br>High Speed Railway | **(KTX) 고속철도**<br>go-sok-cheol-do<br>ㄎㄡㄙㄡㄎˋ, ㄑㄧ～ㄡ～ㄖ, ㄉㄡ |
| 飛機<br>Airplane | **비행기**<br>bi-haeng-gi<br>ㄆㄧ～ㄏㄟ～ㄥ ㄍㄧ |
| 小船<br>Boat | **보트**<br>bo-teu<br>ㄅㄡ ㄊ |
| 船<br>Ship | **배**<br>bae<br>ㄆㄟ |
| 大型豪華轎車<br>Limousine | **리무진**<br>ri-mu-jin<br>ㄖㄧ～ㄇㄨ ㄐㄧ～ㄣ |

顏色

交通工具

方位位置

建築物

藥局

身體部分

職業稱謂

數字

時間

日期

銀行

郵局

# ▶ 15方位／位置

| 中文 / 英文 | 韓文 / 羅馬拼音 / 請用注音說說看 |
|---|---|
| 東方<br>East | **동쪽**<br>dong-jjok<br>ㄊㄨㄥ, ㄐㄧㄡˇㄎ |
| 西方<br>West | **서쪽**<br>seo-jjok<br>ㄙㄡ, ㄐㄧㄡˇㄎ |
| 南方<br>South | **남쪽**<br>nam-jjok<br>ㄋㄚˇㄇ, ㄐㄧㄡˇㄎ |
| 北方<br>North | **북쪽**<br>buk-jjok<br>ㄆㄨˇㄍ, ㄐㄧㄡˇㄎ |
| 前面<br>Front Side | **앞쪽**<br>ap-jjok<br>ㄚˇㄆ, ㄐㄧㄡˇㄎ |
| 後面<br>The Rear | **뒤쪽**<br>dwi-jjok<br>ㄊㄨˇㄧ, ㄐㄧㄡˇㄎ |

| | |
|---|---|
| 左邊<br>On the Left | **왼쪽**<br>oen-jjok<br>ㄨㄟˉㄣ, ㄐㄧㄡˉㄎ |
| | **좌측**<br>jwa-cheuk<br>ㄗㄨㄚ ㄘˉㄎ |
| 右邊<br>On the Right | **오른쪽**<br>o-reun-jjok<br>ㄡ ㄖㄣ, ㄐㄧㄡˉㄎ |
| | **우측**<br>u-cheuk<br>ㄨ ㄘˉㄎ |
| 直走<br>Go Straight | **앞으로 쭉 나가**<br>a-peu-ro jjuk na-ka<br>ㄚ ㄆㄡ ㄖㄡ, ㄐㄧㄡˉㄎ, ㄋㄚ ㄍㄚ |
| 轉角處<br>At the Corner | **길 모퉁이**<br>gil mo-tung-i<br>ㄎㄧˉㄖ, ㄇㄡ ㄊㄨˉㄥ ㄧ |
| 對面<br>On the Opposite Side | **맞은편**<br>ma-jeun-pyeon<br>ㄇㄚ ㄗㄣ ㄆㄧㄡˉㄣ |
| 繼續走<br>Keep Going | **쭉 걸어감**<br>jjuk geo-reo-gam<br>ㄐㄧㄡˉㄍ, ㄎㄡ ㄖㄛ ㄍㄚˉㄇ |

顏色 / 交通工具 / 方位位置 / 建築物 / 藥局 / 身體部分 / 職業稱謂 / 數字 / 時間 / 日期 / 銀行 / 郵局

| 走過頭了<br>Go too Far | **지나치다**<br>ji-na-chi-da<br>ㄑㄧㄋㄚˊ ㄑㄧˋㄅㄚˋ |
|---|---|
| 這裡<br>Here | **여기**<br>yeo-gi<br>ㄧㄡ ㄍㄧ |
| 那裡<br>There | **저기**<br>jeo-gi<br>ㄑㄧㄡ ㄍㄧ |
| 哪裡<br>Where | **어디에요?**<br>eo-di-e-yo?<br>ㄡ ㄉㄧ ㄟ ㄧㄡ? |
| | **어디죠?**<br>eo-di-jyo?<br>ㄡ ㄉㄧ ㄐㄧㄡ? |
| 地圖<br>Map | **지도**<br>ji-do<br>ㄑㄧ ㄉㄡ |
| 路標<br>Road Sign | **도로 표지**<br>do-ro pyo-ji<br>ㄊㄡ ㄖㄡ, ㄆㄧㄡ ㄐㄧ |
| 斑馬線<br>Street Crossing /<br>Zebra Crossing | **횡단보도**<br>hoeng-dan-bo-do<br>ㄏㄨㄟˇㄥ ㄉㄢ, ㄅㄡ ㄉㄡ |

| | |
|---|---|
| 紅綠燈<br>Traffic Lights | **신호등**<br>sin-ho-deung<br>ㄒㄧ ㄏㄨ ㄉㄥ |
| 十字路口<br>Crossroads | **사거리**<br>sa-geo-ri<br>ㄥㄚ ㄍㄡ ㄌㄧ |
| 人行道<br>Pavement / Sidewalk | **인행도**<br>In-heng-do<br>ㄧㄣ ㄏㄟˋ ㄥ ㄉㄡ |
| (街道的) 路燈<br>Streetlight | **가로등**<br>ga-ro-deung<br>ㄎㄚ ㄇㄡ ㄉㄥ |

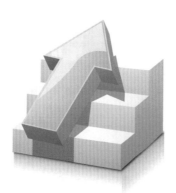

## ▶ 16 建築物

| 中文 / 英文 | 韓文 / 羅馬拼音 / 請用注音說說看 |
|---|---|
| 警察局<br>Police Station | **경찰소**<br>gyeong-chal-sso<br>ㄎㄩㄥ ㄑㄧㄚ ㄖ ㄙㄡ |
| 便利商店<br>Convenience Store | **편의점**<br>pyeo-nui-jeom<br>ㄆㄧㄡ ㄋㄧ ㄐㄧㄡ ˙ㄇ |
| 郵局<br>Post Office | **우체국**<br>u-che-guk<br>ㄨ ㄑㄧㄝ ㄍㄨ ˙ㄎ |
| 銀行<br>Bank | **은행**<br>eun-haeng<br>ㄜ ㄋㄟ ˙ㄥ |
| 外幣兌換所<br>Foreign Currency<br>Exchange | **외화 환전소**<br>oe-hwa hwan-jeon-so<br>ㄨㄟ ㄏㄨㄚ, ㄏㄨㄢ ㄐㄧㄠ ˙ㄣ ㄙㄡ |
| 百貨公司<br>Department Store | **백화점**<br>bae-kwa-jeom<br>ㄅㄟ ㄎㄨㄚ ㄐㄧㄠ ˙ㄇ |
| 公園<br>Park | **공원**<br>gong-won<br>ㄎㄨㄥ ㄨㄛ ˙ㄣ |

| 體育館<br>Gymnasium | **체육관**<br>che-yuk-kkwan<br>ㄑㄧㄝ ㄧㄡ ㄍㄨㄢ |
|---|---|
| 教堂<br>Church | **교회**<br>gyo-hoe<br>ㄎㄧ~ㄡ ㄏㄨㄟ |
| 寺廟<br>Temple | **절**<br>jeol<br>ㄑㄧㄡ~ㄖ |
| 動物園<br>Zoo | **동물원**<br>dong-mu-rwon<br>ㄊㄨㄥ ㄇㄨ ㄖㄛ~ㄣ |
| 博物館<br>Museum | **박물관**<br>bang-mul-gwan<br>ㄆㄚ~ㄅ ㄇㄨ~ㄖ ㄎㄨㄢ |
| 美術館<br>Museum of Fine Arts | **미술관**<br>mi-sul-gwan<br>ㄇㄧ ㄙㄨ~ㄖ ㄎㄨㄢ |
| 電影院<br>Movie Theater (美) /<br>Cinema (英) | **극장 / 씨네마 / 영화관**<br>geuk-jjang / ssi-ne-ma / yeong-hwa-gwan<br>ㄎ~ㄎ ㄐㄧ~ㄤ / ㄒㄧ~ㄋㄟ ㄇㄚ /<br>ㄧㄠ~ㄥ ㄏㄨㄚ ㄍㄨㄚ~ㄢ |

顏色

交通工具

方位位置

建築物

藥局

身體部分

職業稱謂

數字

時間

日期

銀行

郵局

| 藥局<br>Pharmacy | 약국<br>yak-kkuk<br>ㅡㄚ ㄍㄨ-ㄎ |
| --- | --- |
| 醫院<br>Hospital | 병원<br>byeong-won<br>ㄅㅡㄡ-ㄥ ㄨㄛ-ㄣ |
| 書店<br>Bookstore | 서점<br>seo-jeom<br>ㄥㄡ ㄐㅡㄡ-ㄇ |
| 公共澡堂<br>Korean Public<br>Bath-House | 목욕탕<br>mo-gyok-tang<br>ㄇㄡ ㄍㅡㄡ-ㄎ ㄊㅤ |
| 按摩廳<br>Korean Massage<br>House | 맛사지실<br>mat-ssa-ji-sil<br>ㄇㄚ ㄥㄚ ㄐㅡ, ㄒㅡ-ㄖ |
| 理髮廳<br>Barber Shop | 이발소<br>i-bal-sso<br>ㅡ ㄅㄚ-ㄖ ㄥㄡ |
| 洗衣店<br>Laundry | 세탁소<br>se-tak-sso<br>ㄥㄟ ㄊㄚ-ㄎ ㄥㄡ |
| 紀念品店<br>Souvenir Shop | 기념품 가게<br>gi-nyeom-pum ga-ge<br>ㄎㅡ ㄋㅡㄠ-ㄇ, ㄆㄨ-ㄇ, ㄎㄚ ㄍㄟ |

| 售票處<br>Ticket Office /<br>Ticket Counter | 매표소<br>mae-pyo-so<br>ㄇㄟ ㄆㄧㄠ ㄙㄡ |
| --- | --- |
| 入口<br>Entrance | 입구<br>ip-kku<br>ㄧ ㄅ ㄍㄨ |
| 出口<br>Exit | 출구<br>chul-gu<br>ㄑㄧ ㄨ ㄖ ㄍㄨ |
| 美容院<br>Beauty Shop | 미용원<br>mi-yong-won<br>ㄇㄧ ㄧㄡ ㄥ ㄨㄛ ㄣ |
| 大樓<br>Building | 빌딩<br>bil-ding<br>ㄅㄧ ㄖ ㄉㄧ ㄥ |
| 店面<br>Store / Shop | 가게<br>ga-ge<br>ㄎㄚ ㄎㄟ |
| 市場<br>Market | 시장<br>si-jang<br>ㄒㄧ ㄐㄧㄤ |

顏色<br>交通工具<br>方位位置<br>建築物<br>藥局<br>身體部分<br>職業稱謂<br>數字<br>時間<br>日期<br>銀行<br>郵局

## ▶ 17 藥　局

| 中文 / 英文 | 韓文 / 羅馬拼音 / 請用注音說說看 |
| --- | --- |
| 胃藥<br>Stomach Pills | **위약**<br>wi-yak<br>ㄩ ㄧㄚ ˇㄎ |
| 止瀉藥<br>Antidiarrhea Medicine | **설사약**<br>seol-sa-yak<br>ㄙㄡ ˇㄖ ㄙㄚ , ㄧㄚ ˇㄎ |
| 止痛藥<br>Anodyne | **진통제**<br>jin-tong-je<br>ㄐㄧㄣ ㄊㄨㄥ ㄐㄧㄝ |
| 感冒藥<br>Medicine for Colds | **감기약**<br>gam-gi-yak<br>ㄎㄚ ˇㄇ ㄍㄧ , ㄧㄚ ˇㄎ |
| 退燒藥<br>Antipyretic | **해열제**<br>hae-yeol-je<br>ㄏㄟ ㄧㄠ ˇㄖ , ㄐㄧㄝ |
| 止咳藥<br>Antitussive | **기침약**<br>gi-chi-myak<br>ㄎㄧ ㄑㄧ ˇㄇ , ㄧㄚ ˇㄎ |
| 安眠藥<br>Sleeping Pills | **수면제**<br>su-myeon-je<br>ㄙㄨ ㄇㄧㄠ ˇㄣ ㄐㄧㄝ |

| | |
|---|---|
| 暈車藥<br>Anti-Carsick Pills | **차멀미약**<br>cha-meol-mi-yak<br>ㄑㄧㄚ ㄇㄡ-ㄦ ㄇㄧ, ㄧㄚ-ㄎ |
| 燙傷藥<br>Medicine for Burns | **화상 약**<br>hwa-sang yak<br>ㄏㄨㄚ ㄙㄤ, ㄧㄚ-ㄎ |
| 眼藥水<br>Eyedrops | **안약**<br>a-nyak<br>ㄚ, ㄋㄧㄚ-ㄍ |
| 維他命<br>Vitamins | **비타민**<br>bi-ta-min<br>ㄅㄧ ㄊㄚ ㄇㄧ-ㄣ |
| OK繃<br>Band-Aid | **일회용 밴드**<br>il-hoe-yong baen-deu<br>ㄧ ㄖㄨㄟ ㄩㄥ, ㄅㄟ-ㄅ ㄉ |
| 紗布<br>Swab | **거즈**<br>geo-jeu<br>ㄍㄡ ㄗ |
| 紙尿褲<br>Panty-Shape Diapers /<br>Paper Diapers | **종이기저귀**<br>jong-i-gi-jeo-gwi<br>ㄑㄩㄥ ㄧ, ㄎㄩ ㄐㄧㄡ ㄍㄧ |

顏色

交通工具

方位位置

建築物

藥局

身體部分

職業稱謂

數字

時間

日期

銀行

郵局

| | |
|---|---|
| 衛生棉<br>Sanitary Napkin | **생리대**<br>saeng-ni-dae<br>ㄙㄟ-ㄥ -ㄋ ㄌㄧ-ㄅㄟ |
| | **패드**<br>pae-deu<br>ㄆㄟ ㄅ |
| 生理食鹽水<br>Normal Saline | **식염수**<br>si-gyeom-su<br>ㄒㄧ -ㄍ ㄧ-ㄠˊ-ㄇˋ ㄙㄨ |
| 體溫計<br>Clinical Thermometer | **체온기**<br>che-on-gi<br>ㄑㄧㄝ ㄨㄥ ㄍㄧ |

▶ 18 身體的部分

| 中文 / 英文 | 韓文 / 羅馬拼音 / 請用注音說說看 |
|---|---|
| 頭<br>Head | **머리**<br>meo-ri<br>ㄇㄡ ㄖㄧ |
| 臉<br>Face | **얼굴**<br>eol-gul<br>ㄛ~ㄖ ㄍㄨ~ㄖ |
| 頭髮<br>Hair | **머리카락**<br>meo-ri-ka-rak<br>ㄇㄡ ㄖㄧ, ㄎㄚ ㄖㄚ~ㄎ |
| 眼睛<br>Eyes | **눈**<br>nun<br>ㄋㄨ~ㄣ |
| 耳朵<br>Ears | **귀**<br>gwi<br>ㄎㄩ |
| 鼻子<br>Nose | **코**<br>ko<br>ㄎㄡ |
| 嘴<br>Mouth | **입**<br>ip<br>ㄧ~ㄆ |

顏色

交通
工具

方位
位置

建築
物

藥局

身體
部分

職業
稱謂

數字

時間

日期

銀行

郵局

| 嘴唇<br>Lips | **입술**<br>ip-ssul<br>ㄧˋㄆ ㄙㄨ ˋㄖ |
|---|---|
| 牙齒<br>Teeth | **이빨**<br>i-ppal<br>ㄧ ㄅㄚ ˋㄖ |
| 舌頭<br>Tongue | **혓바닥**<br>hyeot-ppa-dak<br>ㄏㄧㄡ ㄅㄚ ㄅㄚ ˋㄎ |
| 脖子<br>Neck | **목**<br>mok<br>ㄇㄡ ˋㄎ |
| 肩膀<br>Shoulders | **어깨**<br>eo-kkae<br>ㄡ ㄍㄟ |
| 肚子<br>Abdomen | **배**<br>bae<br>ㄆㄟ |
| 腰<br>Waist | **허리**<br>heo-ri<br>ㄏㄡ ㄖㄧ |
| 背<br>Back | **등어리**<br>deung-eo-ri<br>ㄊㄥ ㄡ ㄖㄧ |

| 手臂<br>Arms | **팔**<br>pal<br>ㄆㄚ～ㄖ |
| 手指<br>Fingers | **손가락**<br>son-ga-rak<br>ㄙㄨㄥ ㄍㄚ ㄖㄚ～ㄎ |
| 手指甲<br>Finger nails | **손톱**<br>son-top<br>ㄙㄨ～ㄣ ㄊㄨ～ㄆ |
| 腳指甲<br>Toenails | **발톱**<br>bal-top<br>ㄆㄚ～ㄖ ㄊㄨ～ㄆ |
| 關節<br>Joints | **관절**<br>gwan-jeol<br>ㄎㄨㄢ ㄐㄧㄨ～ㄖ |
| 腿<br>Legs | **다리**<br>da-ri<br>ㄊㄚ ㄖㄧ |
| 腳<br>Feet | **발**<br>bal<br>ㄆㄚ～ㄖ |
| 腳趾<br>Toes | **발가락**<br>bal-kka-rak<br>ㄆㄚ～ㄖ ㄍㄚ ㄖㄚ～ㄎ |

顏色
交通工具
方位位置
建築物
藥局
身體部分
職業稱謂
數字
時間
日期
銀行
郵局

# ▶ 19職業／稱謂頭衔

| 中文 / 英文 | 韓文 / 羅馬拼音 / 請用注音說說看 |
| --- | --- |
| 先生<br>Mr. | **아저씨**<br>a-jeo-ssi<br>ㄚ ㄐㄧㄡ ㄒㄧ |
| | **선생님**<br>seon-saeng-nim<br>ㄙㅈ-ㄣㄙㅌ-ㄥ ㄋㄧ-ㅁ |
| 太太<br>Mrs. | **아줌마**<br>a-jum-ma<br>ㄚ ㄐㄩ-ㄇㄇㄚ |
| 小姐<br>Ms. | **아가씨**<br>a-ga-ssi<br>ㄚ ㄍㄚ ㄒㄧ |
| 老闆<br>Boss | **주인**<br>ju-in<br>ㄐㄧㄡ ㄧㄥ |
| 會長<br>(大企業的董事長)<br>Chairman / President | **회장님**<br>hoe-jang-nim<br>ㄏㄨㄟ ㄐㄧㄤ ㄋㄧ-ㅁ |

| | |
|---|---|
| 社長<br>(大企業的總經理)<br>(中小企業的董事長)<br>President /<br>Managing Director /<br>General Manager | 사장님<br>sa-jang-nim<br>ㄙㄚ ㄐㄧㄤ ㄋㄧ ~ㄇ |
| 協理<br>Assistant Vice<br>President | 상무님 / 전무님<br>sang-mu-nim / jeon-mu-nim<br>ㄙㄤ ㄇㄨ ㄋㄧ ~ㄇ / ㄑㄧㄠ ~ㄣ ㄇㄨ ㄋㄧ ~ㄇ |
| 部長 /經理<br>Manager /<br>Division Head | 부장님<br>bu-jang-nim<br>ㄅㄨ ㄐㄧㄤ ㄋㄧ ~ㄇ |
| | 매니저 (一般店家)<br>mae-ni-jeo<br>ㄇㄟ ㄋㄧ ㄐㄧㄡ |
| 副理<br>Vice Manager /<br>Assistant Manager /<br>Associate Manager /<br>Deputy Manager | 과장님<br>gwa-jang-nim<br>ㄎㄨㄚ ㄐㄧㄤ ㄋㄧ ~ㄇ |
| 主任<br>Junior Manager /<br>Assistant Manager /<br>Associate Manager /<br>Deputy Manager | 주임 / 대리<br>ju-im / dae-ri<br>ㄐㄧ ~ㄨ ㄧ ~ㄇ / ㄊㄟ ㄖㄧ |

| 總務<br>General Affairs /<br>Administrator | **총무 / 서무**<br>chong-mu / seo-mu<br>ㄘㄨㄥ ㄇㄨˊ / ㄙㄡ ㄇㄨ |
| --- | --- |
| 事務員<br>Clerk | **사무원**<br>sa-mu-won<br>ㄙㄚ ㄇㄨ ㄨㄛ ˊㄥ |
| 秘書<br>Secretary | **비서**<br>bi-seo<br>ㄆㄧ ㄙㄡ |
| 司機<br>Driver | **운전기사**<br>un-jeon-gi-sa<br>ㄨㄣ ㄐㄧㄠ ˊㄥˋ ㄎㄧ ㄙㄚ |
| 警察<br>Police | **경찰**<br>gyeong-chal<br>ㄎˋㄩㄥ ㄑㄧㄚ ˊㄖ |
| 服務員<br>Service Attendant /<br>Waiter / Waitress | **안내원**<br>an-nae-won<br>ㄢ ㄋㄟ ㄨㄛ ˊㄥ |
| 學生<br>Student | **학생**<br>hak-ssaeng<br>ㄏㄚ ˊㄍ, ㄙㄟ ˋㄥ |

| 老師<br>Teacher | **선생님**<br>seon-saeng-nim<br>ㄙㄡˊㄣ ㄙㄟˇㄥ ㄋㄧˊㄇ |
| 醫生<br>Doctor | **의사**<br>ui-sa<br>ㄜˇㄧ ㄙㄚ |
| 護士<br>Nurse | **간호원**<br>gan-ho-won<br>ㄎㄢ ㄋㄡ ㄨㄛˇㄣ |
| 軍人<br>Soldier | **군인**<br>gu-nin<br>ㄎㄨ ㄋㄧㄣ |
| 廚師<br>Cook | **요리사**<br>yo-ri-sa<br>ㄧㄡ ㄖㄧ ㄙㄚ |

# ▶ 20 數　字

mp3-20

| 中文 / 英文 | 韓文 / 羅馬拼音 / 請用注音說說看 | |
|---|---|---|
| 一<br>One | 일<br>il<br>一 ~ㄖ | 하나<br>ha-na<br>ㄏㄚ ㄋㄚ |
| 二<br>Two | 이<br>i<br>一 | 둘<br>dul<br>ㄊㄨ ~ㄖ |
| 三<br>Three | 삼<br>sam<br>ㄙㄚ ~ㄇ | 셋<br>set<br>ㄙㄟ ~ㄊ |
| 四<br>Four | 사<br>sa<br>ㄙㄚ | 넷<br>net<br>ㄋㄟ ~ㄊ |
| 五<br>Five | 오<br>o<br>ㄡ | 다섯<br>da-seot<br>ㄊㄚ ㄙㄡ ~ㄊ |
| 六<br>Six | 육<br>yuk<br>一 ~ㄨ ~ㄎ | 여섯<br>yeo-seot<br>一ㄠ ㄙㄡ ~ㄊ |
| 七<br>Seven | 칠<br>chil<br>ㄑ一 ~ㄖ | 일곱<br>il-gop<br>一 ~ㄖ, ㄍㄡ ~ㄆ |

| 八 Eight | 팔<br>pal<br>ㄆㄚ～ㄖ | 여덟<br>yeo-deol<br>ㄧㄡㄅㄡ～ㄖ |
|---|---|---|
| 九 Nine | 구<br>gu<br>ㄎㄨ | 아홉<br>a-hop<br>ㄚ ㄏㄡ～ㄆ |
| 十 Ten | 십<br>sip<br>ㄒㄧ～ㄆ | 열<br>yeol<br>ㄧㄡ～ㄖ |
| 十一 Eleven | 십일<br>si-bil<br>ㄒㄧ ㄅㄧ～ㄖ | 열하나<br>yeol-ha-na<br>ㄧㄡ ㄖㄚ ㄋㄚ |
| 十二 Twelve | 십이<br>si-bi<br>ㄒㄧ ㄅㄧ | 열둘<br>yeol-dul<br>ㄧㄡ～ㄖ,ㄊㄨ～ㄖ |
| 十三 Thirteen | 십삼<br>sip-ssam<br>ㄒㄧ～ㄆ,ㄙㄚ～ㄇ | 열셋<br>yeol-set<br>ㄧㄡ～ㄖ,ㄙㄟ～ㄊ |
| 十四 Fourteen | 십사<br>sip-ssa<br>ㄒㄧ～ㄆ ㄙㄚ | 열넷<br>yeol-let<br>ㄧㄡ～ㄖ,ㄋㄟ～ㄊ |
| 十五 Fifteen | 십오<br>si-bo<br>ㄒㄧ ㄅㄡ | 열다섯<br>yeol-da-seot<br>ㄧㄡ～ㄖ,ㄊㄚ ㄙㄡ～ㄊ |

顏色<br>交通工具<br>方位位置<br>建築物<br>藥局<br>身體部分<br>職業稱謂<br>數字<br>時間<br>日期<br>銀行<br>郵局

| | | |
|---|---|---|
| 二十<br>Twenty | 이십<br>i-sip<br>ㄧ ㄒㄧ ~ㄆ | 스물<br>seu-mul<br>ㄙ ㄇㄨ ~ㄖ |
| 三十<br>Thirty | 삼십<br>sam-sip<br>ㄙㄚ~ㄇ, ㄒㄧ ~ㄆ | 서른<br>seo-reun<br>ㄙㄡ ㄖㄣ |
| 四十<br>Forty | 사십<br>sa-sip<br>ㄙㄚ ㄒㄧ ~ㄆ | 마흔<br>ma-heun<br>ㄇㄚ ㄏㄣ |
| 五十<br>Fifty | 오십<br>o-sip<br>ㄡ ㄒㄧ ~ㄆ | 쉬흔<br>swi-heun<br>ㄒㄩ ㄏㄣ |
| 六十<br>Sixty | 육십<br>yuk-ssip<br>ㄧ~ㄨ~ㄎ, ㄒㄧ ~ㄆ | 예순<br>ye-seun<br>ㄧㄝ ㄙㄣ |
| 七十<br>Seventy | 칠십<br>chil-sip<br>ㄑㄧ ~ㄖ, ㄒㄧ ~ㄆ | 일흔<br>il-heun<br>ㄧ ㄖㄣ |
| 八十<br>Eighty | 팔십<br>pal-ssip<br>ㄆㄚ ~ㄖ, ㄒㄧ ~ㄆ | 여든<br>yeo-deun<br>ㄧㄠ ㄉㄣ |
| 九十<br>Ninety | 구십<br>gu-sip<br>ㄎㄨ ㄒㄧ ~ㄆ | 아흔<br>a-heun<br>ㄚ ㄏㄣ |

| 一百<br>One Hundred | **백**<br>baek<br>ㄆㄟ~ㄎ | **백**<br>baek<br>ㄆㄟ~ㄎ |
|---|---|---|
| 一百零一<br>One Hundred<br>and One | **백하나**<br>bae-ka-na<br>ㄆㄟ ㄎㄚ ㄋㄚ | **백 일**<br>baek il<br>ㄆㄟ ㄍ一~ㄖ |
| 一百一十<br>One Hundred<br>and Ten | **백십**<br>baek-ssip<br>ㄆㄟ~ㄎ, ㄒ一~ㄆ | |
| 一百一十一<br>One Hundred<br>and Eleven | **백십일**<br>baek-ssi-bil<br>ㄆㄟ~ㄎ, ㄒ一 ㄅ一~ㄖ | |
| 一百二十<br>One Hundred<br>and Twenty | **백이십**<br>bae-gi-sip<br>ㄆㄟ ㄍ一, ㄒ一~ㄆ | |
| 兩百<br>Two Hundred | **이백**<br>i-baek<br>一 ㄅㄟ~ㄎ | |
| 三百<br>Three Hundred | **삼백**<br>sam-baek<br>ㄙㄚ~ㄇ, ㄅㄟ~ㄎ | |
| 四百<br>Four Hundred | **사백**<br>sa-baek<br>ㄙㄚ ㄅㄟ~ㄎ | |

顏色<br>交通工具<br>方位位置<br>建築物<br>藥局<br>身體部分<br>職業稱謂<br>數字<br>時間<br>日期<br>銀行<br>郵局

| | | |
|---|---|---|
| 五百<br>Five Hundred | 오백<br>o-baek<br>ㄡ ㄅㄟ ˋㄎ | |
| 一千<br>One Thousand | 천<br>cheon<br>ㄑㄧㄠ ˋㄣ | 일천<br>il-cheon<br>ㄧ ˋㄖ ㄑㄧㄠ ˋㄣ |
| 一千零一<br>One Thousand and One | 일천공일<br>il-cheon-gong-il<br>ㄧ ˋㄖ ㄑㄧㄠ ˋㄣ, ㄎㄨㄥ ㄧ ˋㄖ | |
| 一萬<br>Ten Thousand | 만<br>man<br>ㄇㄢ | 일만<br>il-man<br>ㄧ ˋㄖ ㄇㄢ |
| 十萬<br>One Hundred Thousands | 십만<br>sim-man<br>ㄒㄧ ˋㄅ ㄇㄢ | |
| 一百萬<br>One Million | 백만<br>baeng-man<br>ㄆㄟ ˋㄎ ㄇㄢ | 일백만<br>il-baeng-man<br>ㄧ ˋㄖ, ㄆㄟ ˋㄎ ㄇㄢ |
| 一千萬<br>Ten Million | 천만<br>cheon-man<br>ㄑㄧㄠ ˋㄣ ㄇㄢ | 일천만<br>il-cheon-man<br>ㄧ ˋㄖ, ㄑㄧㄠ ˋㄣ ㄇㄢ |
| 一億<br>One Hundred Million | 일억<br>i-reok<br>ㄧ ㄖㄡ ˋㄎ | |

## ▶ 21 時　間

 mp3-21

| 中文 / 英文 | 韓文 / 羅馬拼音 / 請用注音說說看 |
|---|---|
| 一點<br>One o'clock | 한시<br>han-si<br>ㄏㄢ ㄒㄧ |
| 兩點<br>Two o'clock | 두시<br>du-si<br>ㄊㄨ ㄒㄧ |
| 三點<br>Three o'clock | 세시<br>se-si<br>ㄙㄟ ㄒㄧ |
| 四點<br>Four o'clock | 네시<br>ne-si<br>ㄋㄟ ㄒㄧ |
| 五點<br>Five o'clock | 다섯시<br>da-seot-ssi<br>ㄊㄚ ㄙㄡ ㄒㄧ |
| 六點<br>Six o'clock | 여섯시<br>yeo-seot-ssi<br>ㄧㄠ ㄙㄡ ㄒㄧ |
| 七點<br>Seven o'clock | 일곱시<br>il-gop-ssi<br>ㄧ ㄖ ㄍㄡ ㄆ ㄒㄧ |

| 八點<br>Eight o'clock | 여덟 시<br>yeo-deop-ssi<br>ㄧㄡ ㄉㄡ ~ㄙ ㄒㄧ |
| --- | --- |
| 九點<br>Nine o'clock | 아홉 시<br>a-hop-ssi<br>ㄚ ㄏㄡ ~ㄆ ㄒㄧ |
| 十點<br>Ten o'clock | 열 시<br>yeol-si<br>ㄧㄡ ~ㄖ ㄒㄧ |
| 十一點<br>Eleven o'clock | 열한 시<br>yeol-han-si<br>ㄧㄡ ㄖㄢ ㄒㄧ |
| 十二點<br>Twelve o'clock | 열두 시<br>yeol-du-si<br>ㄧㄡ ~ㄖ, ㄉㄨ ㄒㄧ |
| 一點五分<br>Five after One o'clock | 한시 오분<br>han-si o-bun<br>ㄏㄢ ㄒㄧ, ㄡ ㄅㄨ ~ㄣ |
| 七點十五分<br>A Quarter Past Seven | 일곱시 십오분<br>il-gop-ssi si-bo-bun<br>ㄧ ~ㄖ ㄍㄡ ~ㄆ ㄒㄧ,<br>ㄒㄧ ㄅㄡ ㄅㄨ ~ㄣ |

| | |
|---|---|
| 十一點三十分<br>Half Past Eleven | **열한시 삼십분**<br>yeol-han-si sam-sip-ppun<br>ㄧㅡㄡ ㄇㄢ ㄒㄧ，<br>ㄙㄚ-ㄇ ㄒㄧ- ㄅㄨ-ㄣ |
| 十二點四十六分<br>Fourteen to One | **열두시 사십육분**<br>yeol-du-si sa-si-byuk-ppun<br>ㄧㅡㄡ-ㄇ ㄅㄨㄒㄧ，ㄙㄚ ㄒㄧ-ㄡ，ㄧㅡㄡ-ㄅㄨ-ㄣ |

▶ 22 日　期

| 中文 / 英文 | 韓文 / 羅馬拼音 / 請用注音說說看 |
|---|---|
| 年<br>Year | **년 / 해**<br>nyeon / hae<br>ㄋㄧㄠ ̌ㄣ / ㄏㄟ |
| 月<br>Month | **월**<br>wol<br>ㄨㄛ ˇㄇ |
| | **달**<br>dal<br>ㄊㄚ ˇㄇ |
| 日<br>Day | **일**<br>il<br>ㄧ ˇㄇ |
| | **날**<br>nal<br>ㄋㄚ ˇㄇ |
| 星期<br>Week | **요일**<br>yo-il<br>ㄧㄡ ㄧ ˇㄇ |
| | **주**<br>ju<br>ㄑㄧ ˇㄨ |

| 昨天<br>Yesterday | 어제<br>eo-je<br>ㄜ ㄐㄧㄝ |
| | 어저께<br>eo-jeo-kke<br>ㄜ ㄐㄧㄡ ㄍㄟ |
| 前天<br>The Day Before<br>Yesterday | 그제<br>geu-je<br>ㄎ ㄐㄧㄝ |
| | 그저께<br>geu-jeo-kke<br>ㄎ ㄐㄧㄡ ㄍㄟ |
| 三天前<br>Three Days Ago | 삼일전<br>sa-mil-jeon<br>ㄙㄚ ㄇㄧ‧ㄖ ㄑㄧㄠ ㄣ |
| | 사흘전<br>sa-heul-jjeon<br>ㄙㄚ ㄏ‧ㄖ ㄑㄧㄠ ㄣ |
| 今天<br>Today | 오늘<br>o-neul<br>ㄡ ㄋ‧ㄖ |
| 明天<br>Tomorrow | 내일<br>nae-il<br>ㄋㄟ ㄧ‧ㄖ |

顏色 交通工具 方位位置 建築物 藥局 身體部分 職業稱謂 數字 時間 日期 銀行 郵局

| | |
|---|---|
| 後天<br>The Day After<br>Tomorrow | **모레**<br>mo-re<br>ㄇ�ㄖㄟ |
| 上星期<br>Last Week | **지난주**<br>ji-nan-ju<br>ㄑㄧㄋㄢ ㄐㄧ~ㄨ |
| 這星期<br>This Week | **이번주**<br>i-beon-ju<br>ㄧ ㄅㄡ~ㄣ ㄐㄧ~ㄨ |
| 下星期<br>Next Week | **다음주**<br>da-eum-ju<br>ㄊㄚ ㄨ~ㄇ ㄐㄧ~ㄨ |
| 去年<br>Last Year | **작년**<br>jang-nyeon<br>ㄑㄧㄚ~ㄎ ㄋㄧㄠ~ㄣ |
| 今年<br>This Year | **금년 / 올해**<br>geum-nyeon / ol-hae<br>ㄎ~ㄇ ㄋㄧㄠ~ㄣ / ㄡ ㄖㄟ |
| 明年<br>Next year | **내년**<br>nae-nyeon<br>ㄋㄟ ㄋㄧㄠ~ㄣ |
| 早上<br>Morning | **아침**<br>a-chim<br>ㄚ ㄑㄧ~ㄇ |

| 白天<br>Daytime | **낮**<br>nat<br>ㄋㄚ ˋㄊ |
| --- | --- |
| 晚上<br>Night | **밤**<br>bam<br>ㄆㄚ ˋㄇ |
| | **밤중**<br>bam-jung<br>ㄆㄚ ˋㄇ ㄐㄧ ˋㄨㄥ |
| 深夜<br>Deep in the Night | **심야**<br>si-mya<br>ㄒㄧ ㄇ ㄧㄚ |
| | **한밤중**<br>han-bam-jung<br>ㄏㄢ ㄆㄚ ˋㄇ, ㄐㄧ ˋㄨㄥ |
| 一天<br>One Day | **하루**<br>ha-ru<br>ㄏㄚ ㄖㄨ |
| 兩天<br>Two Days | **이틀**<br>i-teul<br>ㄧ ㄊ ˋㄖ |

顏色

交通工具

方位位置

建築物

藥局

身體部分

職業稱謂

數字

時間

日期

銀行

郵局

| | |
|---|---|
| 三天<br>Three Days | 사흘<br>sa-heul<br>ㄙㄚ ㄏ~ㄖ |
| | 삼일<br>sa-mil<br>ㄙㄚ ㄇㄧ~ㄖ |
| 四天<br>Four Days | 나흘 / 사일<br>na-heul / sa-il<br>ㄋㄚ ㄏ~ㄖ / ㄙㄚ ㄧ~ㄖ |
| 五天<br>Five Days | 오일<br>o-il<br>ㄡ ㄧ~ㄖ |
| 六天<br>Six Days | 육일<br>yu-gil<br>ㄧ~ㄨ ㄍㄧ~ㄖ |
| 一星期<br>A Week | 일주일<br>il-ju-il<br>ㄧ~ㄖ ㄐㄧㄡ, ㄧ~ㄖ |
| 星期日<br>Sunday | 일요일<br>i-ryo-il<br>ㄧ ㄖㄧㄡ ㄧ~ㄖ |
| 星期一<br>Monday | 월요일<br>wo-ryo-il<br>ㄨㄛ ㄖㄧㄡ ㄧ~ㄖ |

| 星期二<br>Tuesday | **화요일**<br>hwa-yo-il<br>ㄏㄨㄚ ㄧㄡ ㄧ ˇㄖ |
|---|---|
| 星期三<br>Wednesday | **수요일**<br>su-yo-il<br>ㄙㄨ ㄧ ㄡ ㄧ ˇㄖ |
| 星期四<br>Thursday | **목요일**<br>mo-gyo-il<br>ㄇㄡ ㄍ ㄧㄡ ㄧ ˇㄖ |
| 星期五<br>Friday | **금요일**<br>geu-myo-il<br>ㄎ ㄇㄧㄡ ㄧ ˇㄖ |
| 星期六<br>Saturday | **토요일**<br>to-yo-il<br>ㄊㄡ ㄧ ㄡ ㄧ ˇㄖ |
| 一月<br>January | **1 월**<br>i-rwol<br>ㄧ ˇㄖㄨㄛ ˇㄖ |
| 二月<br>February | **2 월**<br>i-wol<br>ㄧ ㄨㄛ ˇㄖ |
| 三月<br>March | **3 월**<br>sa-mwol<br>ㄙㄚ ㄇㄨㄛ ˇㄖ |

顏色 交通工具 方位位置 建築物 藥局 身體部分 職業稱謂 數字 時間 日期 銀行 郵局

| 四月<br>April | **4 월**<br>sa-wol<br>ㄙㄚ ㄨㄛ ~ㄖ |
| --- | --- |
| 五月<br>May | **5 월**<br>o-wol<br>ㄡ ㄨㄛ ~ㄖ |
| 六月<br>June | **6 월**<br>yu-wol<br>ㄧ ~ㄨ ㄍㄨㄛ ~ㄖ |
| 七月<br>July | **7 월**<br>chi-rwol<br>ㄑㄧ ㄖㄨㄛ ~ㄖ |
| 八月<br>August | **8 월**<br>pa-rwol<br>ㄆㄚ ㄖㄨㄛ ~ㄖ |
| 九月<br>September | **9 월**<br>gu-wol<br>ㄎㄨ ㄨㄛ ~ㄖ |
| 十月<br>October | **10 월**<br>si-wol<br>ㄒㄧ ㄅㄨㄛ ~ㄖ |
| 十一月<br>November | **11 월**<br>si-bi-rwol<br>ㄒㄧ ㄅㄧ ㄖㄨㄛ ~ㄖ |

| 十二月<br>December | **12 월**<br>si-bi-wol<br>ㄒㄧ ㄅㄧ ㄨㄛ~ㄖ | |
| 一個月<br>One Month | **일개월**<br>il-gae-wol<br>ㄧ~ㄖ ㄍㄟ ㄨㄛ~ㄖ | |
| | **한달**<br>han-dal<br>ㄏㄢ ㄉㄚ~ㄖ | |
| 兩個月<br>Two Months | **이개월**<br>i-gae-wol<br>ㄧ ㄍㄟ, ㄨㄛ~ㄖ | |
| | **두달**<br>du-dal<br>ㄊㄨ ㄉㄚ~ㄖ | |
| 三個月<br>Three Months | **삼개월**<br>sam-gae-wol<br>ㄙㄚ~ㄇ ㄍㄟ, ㄨㄛ~ㄖ | |
| | **석달**<br>seok-ttal<br>ㄙㄡ~ㄍ, ㄉㄚ~ㄖ | |

顏色
交通工具
方位位置
建築物
藥局
身體部分
職業稱謂
數字
時間
日期
銀行
郵局

| | |
|---|---|
| 四個月<br>Four Months | **사개월**<br>sa-gae-wol<br>ㄙㄚ ㄍㄟ、ㄨㄛ ～ㄖ |
| | **넉 달**<br>neok-ttal<br>ㄋㄡ ～ㄍ、ㄉㄚ～ㄖ |
| 五個月<br>Five Months | **오개월**<br>o-gae-wol<br>ㄡ ㄍㄟ、ㄨㄛ ～ㄖ |
| 六個月<br>Six Months | **육개월**<br>yuk-kkae-wol<br>ㄧ～ㄨ ㄍㄟ、ㄨㄛ ～ㄖ |
| 七個月<br>Seven Months | **칠개월**<br>chil-gae-wol<br>ㄑㄧ ～ㄖ、ㄍㄟ ㄨㄛ ～ㄖ |
| 八個月<br>Eight Months | **팔개월**<br>pal-kkae-wol<br>ㄆㄚ ～ㄖ、ㄍㄟ ㄨㄛ ～ㄖ |
| 九個月<br>Nine Months | **구개월**<br>gu-gae-wol<br>ㄎㄨ ㄍㄟ ㄨㄛ ～ㄖ |
| 十個月<br>Ten Months | **십개월**<br>sip-kkae-wol<br>ㄒㄧ ～ㄆ、ㄍㄟ ㄨㄛ ～ㄖ |

| 十一個月<br>Eleven Months | **십일개월**<br>si-bil-gae-wol<br>ㄒ一ㄅ~ㄖ，ㄍㄟ ㄨㄛ~ㄖ |
|---|---|
| 一年<br>One Year | **일년**<br>il-lyeon<br>一~ㄖ，ㄋ一ㄠ~ㄣ |
| 兩年<br>Two Years | **이년**<br>i-nyeon<br>一 ㄋ一ㄠ~ㄣ |
| 三年<br>Three Years | **삼년**<br>sam-nyeon<br>ㄙㄚ~ㄇ，ㄋ一ㄠ~ㄣ |

顏色

交通工具

方位位置

建築物

藥局

身體部分

職業稱謂

數字

時間

日期

銀行

郵局

▶ *23 銀 行*

mp3-23

| 中文 / 英文 | 韓文 / 羅馬拼音 / 請用注音說說看 |
|---|---|
| 零錢<br>Small Change | **동전**<br>dong-jeon<br>ㄊㄨㄥ ㄐㄧㄜㄥ |
| 鈔票<br>Bill / Bank Note | **지폐**<br>ji-pye<br>ㄐㄧ ㄆㄧㄝ |
| 信用卡<br>Credit Card | **신용카드**<br>si-nyong-ka-deu<br>ㄒㄧㄣ ㄩㄥ, ㄎㄚ ㄉ |
| 支票<br>Check | **수표**<br>su-pyo<br>ㄙㄨ ㄆㄧㄡ |
| 旅行支票<br>Traveler's Check | **여행자 수표**<br>yeo-haeng-ja su-pyo<br>ㄧㄡ ㄏㄟㄥ ㄐㄧㄚ, ㄙㄨ ㄆㄧㄡ |
| 匯款<br>Remittance | **송금**<br>song-geum<br>ㄙㄨㄥ ㄍㄇ |
| 領錢<br>Money Withdrawal | **출금**<br>chul-geum<br>ㄑㄧ ㄖ ㄍㄇ |

| | |
|---|---|
| 韓圓<br>South Korean Won<br>(SKW) | **한국화폐**<br>han-gu-kwa-pye<br>ㄏㄤ ㄍㄨ ㄎㄨㄚ ㄆㄟ |
| 台幣<br>New Taiwan Dollar<br>(NTD) | **대만달러**<br>dae-man-dal-leo<br>ㄊㄟ ㄇㄢ.ㄉㄚ ㄌㄚ |
| 美金<br>US Dollar | **미국달러**<br>mi-guk-ttal-leo<br>ㄇㄧ ㄍㄨ~ㄎ.ㄉㄚ ㄌㄚ |
| 人民幣<br>RMB | **중국위안**<br>jung-gu-gwi-an<br>ㄑㄩㄥ ㄍㄨ~ㄍ.ㄩ ㄢ |
| 100 韓元<br>100 Won | **백원**<br>bae-gwon<br>ㄆㄟ ㄍㄨㄛ~ㄣ |
| 1,000 韓元<br>1,000 Won | **천원**<br>cheo-nwon<br>ㄑㄧㄡ ㄋㄨㄛ~ㄣ |
| 10,000 韓元<br>10,000 Won | **만원**<br>ma-nwon<br>ㄇㄚ ㄋㄨㄛ~ㄣ |
| 100,000 韓元<br>100,000 Won | **십만원**<br>sim-ma-nwon<br>ㄒㄧ~ㄅ ㄇㄚ ㄋㄨㄛ~ㄧ~ㄣ |

顏色<br>交通工具<br>方位位置<br>建築物<br>藥局<br>身體部分<br>職業稱謂<br>數字<br>時間<br>日期<br>銀行<br>郵局

## ▶ 24 郵 局

| 中文 / 英文 | 韓文 / 羅馬拼音 / 請用注音說說看 |
|---|---|
| 郵筒<br>Mailbox | **우체통**<br>u-che-tong<br>ㄨ ㄑㄧㄝ ㄊㄨㄥ |
| 明信片<br>Postcard | **엽서**<br>yeop-sseo<br>ㄧㄜ ~ㄆ, ㄙㄜ |
| | **포스트 카드**<br>po-seu-teu ka-deu<br>ㄆㄡㄙㄊ, ㄎㄚㄅ |
| 信紙<br>Letter Paper | **편지지**<br>pyeon-ji-ji<br>ㄆㄧ ~ㄜ ~ㄣ, ㄐㄧ ㄐㄧ |
| 信封<br>Envelope | **편지봉투**<br>pyeon-ji-bong-tu<br>ㄆㄧㄜ ~ㄣ ㄐㄧ, ㄆㄨㄥ ㄊㄨ |
| 郵票<br>Stamp | **우표**<br>u-pyo<br>ㄨ ㄆㄧㄡ |
| 膠水<br>Glue | **풀**<br>pul<br>ㄆㄨ ~ㄖ |

| | |
|---|---|
| 一般郵件<br>Ordinary Mail | **일반우편**<br>il-ba-nu-pyeon<br>一～ㄖ ㄅㄢ, ㄨ ㄆㄧㄠ～ㄣ |
| 國內掛號郵件<br>Domestic Registered Mail | **국내 등기우편**<br>gung-nae deung-gi-u-pyeon<br>ㄎㄨ～ㄍ ㄋㄟ, ㄉㄥ ㄍㄧ, ㄨ ㄆㄧㄠ～ㄣ |
| 航空郵件<br>Air Mail | **항공우편**<br>hang-gong-u-pyeon<br>ㄏㄤ ㄍㄨㄥ, ㄨ ㄆㄧㄠ～ㄣ |
| 航空包裏<br>Air Parcel | **항공소포**<br>hang-gong-so-po<br>ㄏㄤ ㄍㄨㄥ, ㄙㄨ ㄆㄡ |
| 國際快遞<br>International Express | **국제특급 (EMS)**<br>guk-jje-teuk-kkeup<br>ㄎㄨ～ㄍ ㄐㄧㄝ, ㄊ～ㄍ～ㄣ |
| 國際超快遞<br>International Priority Service | **국제초특급 (EMS Premium)**<br>guk-jje-cho-teuk-kkeup<br>ㄎㄨ～ㄍ ㄐㄧㄝ, ㄑㄧㄡ ㄊ～ㄍ～ㄣ |
| 海運郵件<br>Sea Mail | **선편**<br>seon-pyeon<br>ㄙㄡ～ㄣ ㄆㄧㄠ～ㄣ |
| 海運包裏<br>Sea Parcel | **선편소포**<br>seon-pyeon-so-po<br>ㄙㄡ～ㄣ ㄆㄧㄠ～ㄣ, ㄙㄨ ㄆㄡ |

顏色 / 交通工具 / 方位位置 / 建築物 / 藥局 / 身體部分 / 職業稱謂 / 數字 / 時間 / 日期 / 銀行 / 郵局

| | |
|---|---|
| 包裹<br>Parcel | **소포우편**<br>so-po-u-pyeon<br>ㄥㄡ ㄆㄡ, ㄨ ㄆㄧㄠˋ ㄣ |
| | **택배**<br>taek-ppae<br>ㄊㄟ ˋㄍ ㄅㄟ |
| 超重<br>Overweight | **중량 초과**<br>jung-nyang cho-gwa<br>ㄑㄧㄥˋㄨㄥˋ ㄌㄧㄤ, ㄑㄧㄡ ㄍㄨㄚ |
| 地址<br>Mailing Address | **주소**<br>ju-so<br>ㄑㄧㄨˋ ㄙㄡ |
| 姓名<br>Name | **이름**<br>i-reum<br>ㄧ ㄖˋㄇ |
| | **성명**<br>seong-myeong<br>ㄥㄡˋㄥ ㄇㄧㄠˋㄥ |
| 電話<br>Telephone No. | **전화**<br>jeon-hwa<br>ㄑㄧㄡ ㄋㄨㄚ |
| 郵遞區號<br>Postal Code | **우편번호**<br>u-pyeon-beon-ho<br>ㄨ ㄆㄧㄠˋ ㄣ, ㄆㄡ ㄋㄡ |

# ② 日常生活篇

| 中文 / 英文 | 韓文 / 羅馬拼音 / 請用注音說說看 |
|---|---|
| 門鈴<br>Doorbell | 벨<br>bel<br>ㄆㄟ~ㄖ |
| 大門<br>Front Door /<br>Main Entrance | 대문<br>dae-mun<br>ㄊㄟ ㄇㄨ~ㄣ |
| 玄關<br>Doorway | 현관<br>hyeon-gwan<br>ㄏㄧㄠ~ㄣ.ㄍㄨㄢ |
| 電話<br>Telephone Set | 전화<br>jeon-hwa<br>ㄑㄧㄠ ㄋㄨㄚ |
| 電視<br>TV Set | 테레비<br>te-re-bi<br>ㄊㄟ ㄖㄟ ㄅㄧ |

| 冷氣<br>Air Conditioner | 에어콘<br>e-eo-kon<br>ㄟ ㄡ ㄎㄡ~ㄣ |
| --- | --- |
| 電風扇<br>Electric Fan | 선풍기<br>seon-pung-gi<br>ㄥㄨ~ㄣ ㄆㄨ~ㄥ ㄍㄧ |
| 時鐘<br>Clock | 종<br>jong<br>ㄑㄩㄥ |
| | 시계<br>si-gye<br>ㄒㄧ ㄍㄟ |
| 沙發<br>Sofa | 소파<br>so-pa<br>ㄥㄨ ㄆㄚ |
| 電燈<br>Lamp / Electric Light | 전등<br>jeon-deung<br>ㄑㄧㄠ~ㄣ ㄉㄥ |
| | 전기<br>jeon-gi<br>ㄐㄧㄠ~ㄥ ㄍㄧ |
| 天花板<br>Ceiling | 천장<br>cheon-jang<br>ㄑㄧㄠ~ㄣ ㄐㄧㄤ |

| | |
|---|---|
| 地板<br>Floor | **후로아**<br>hu-ro-a<br>ㄏㄨㄖㄡㄚ |
| | **바닥**<br>ba-dak<br>ㄅㄚㄅㄚ-ㄎ |
| 地毯<br>Carpet | **카펫트**<br>ka-pet-teu<br>ㄎㄚㄆㄟㄊ |
| 臥室<br>Bedroom | **침실**<br>chim-sil<br>ㄑ一-ㄇ, ㄒ一-ㄖ |
| 床<br>Bed | **침대**<br>chim-dae<br>ㄑ一-ㄇ ㄉㄟ |
| 床單<br>Bed Sheet | **침대커버**<br>chim-dae-keo-beo<br>ㄑ一-ㄇ ㄉㄟ, ㄎㄚ ㄅㄚ |
| 衣櫥<br>Wardrobe | **옷장**<br>ot-jjang<br>ㄡ-ㄊ ㄐ一ㄤ |
| 窗簾<br>Window Curtains | **커렌**<br>keo-ten<br>ㄎㄡ ㄊㄟ-ㄣ |

房裡名稱

運動

家族稱呼

教室物品

大自然

十二生肖

星座

世界各國

電腦周邊

電子郵件

電腦操作

化妝品

內容說明

| 梳妝台<br>Dressing Table | 화장대<br>hwa-jang-dae<br>ㄏㄨㄚ ㄐㄧㄤ ㄉㄟ |
|---|---|
| 化妝品<br>Cosmetics | 화장픔<br>hwa-jang-pum<br>ㄏㄨㄚ ㄐㄧㄤ ㄆㄨ˙ㄇ |
| 廚房<br>Kitchen | 부엌<br>bu eokk<br>ㄆㄨ ㄨㄛ˙ㄎ |
| | 주방<br>ju-bang<br>ㄗㄨ ㄅㄤ |
| 餐廳<br>Dining Room | 다이닝룸<br>da-i-ning-num<br>ㄉㄚ ㄧ ㄋㄧㄥ, ㄖㄨ˙ㄇ |
| | 식당<br>sik-ttang<br>ㄒㄧ˙ㄎ ㄊㄤ |
| 浴室<br>Bathroom | 욕실<br>yok-ssil<br>ㄧㄡ˙ㄎ ㄒㄧ˙ㄖ |

## ▶ 02 運　動

mp3-26

| 中文 / 英文 | 韓文 / 羅馬拼音 / 請用注音說說看 |
|---|---|
| 滑雪<br>Skiing | 스키<br>seu-ki<br>ㄙ ㄎㄧ |
| 籃球<br>Basketball | 농구<br>nong-gu<br>ㄋㄨㄥ ㄍㄨ |
| 排球<br>Volleyball | 배구<br>bae-gu<br>ㄆㄟ ㄍㄨ |
| 羽球<br>Badminton | 배드민턴<br>bae-deu-min-teon<br>ㄆㄟ ㄉ ㄇㄧㄣ ㄊㄡ-ㄣ |
| 網球<br>Tennis | 테니스<br>te-ni-seu<br>ㄊㄟ ㄋㄧ ㄙ |
| 棒球<br>Baseball | 야구<br>ya-gu<br>ㄧㄚ ㄍㄨ |
| 足球<br>Football | 축구<br>chuk-kku<br>ㄑㄧ-ㄨ-ㄍ ㄍㄨ |

| | 탁구<br>tak-kku<br>ㄊㄚ ㄍㄨ |
| --- | --- |
| 桌球<br>Table Tennis | |
| | 핑퐁<br>ping-pong<br>ㄆ一ㄥ ㄆㄨㄥ |
| 撞球<br>Billiards | 당구<br>dang-gu<br>ㄊㄤ ㄍㄨ |
| 保齡球<br>Bowling | 볼링<br>bol-ling<br>ㄅㄡ-ㄦ ㄌ一ㄥ |
| 高爾夫球<br>Golf | 골프<br>gol-peu<br>ㄎㄡ ㄖ ㄆㄨ |
| 游泳<br>Swimming | 수영<br>su-yeong<br>ㄙㄨ ㄩㄥ |
| 潛水<br>Diving | 잠수<br>jam-su<br>ㄑ一ㄚ-ㄇ ㄙㄨ |
| | 스쿠버 다이빙<br>seu-ku-beo da-i-bing<br>ㄙ ㄎㄨㄅㄚ, ㄅㄚ 一 ㄅ一ㄥ |

| 慢跑<br>Jogging | 죠깅<br>jyo-ging<br>ㄐㄧㄡ ㄍㄧㄥ |
| 爬山<br>Mountain Climbing | 등산<br>deung-san<br>ㄊㄥ ㄙㄢ |
| 相撲<br>Sumo | 스모<br>seu-mo<br>ㄙ ㄇㄡ |
| 瑜珈<br>Yoga | 요가<br>yo-ga<br>ㄧㄡ ㄍㄚ |
| 騎馬<br>Horse Riding | 승마<br>seung-ma<br>ㄙㄥ ㄇㄚ |

房樓名稱

運動

家族稱呼

教室物品

大自然

十二生肖

星座

世界各國

電腦周邊

電子郵件

電腦操作

化妝品

內容說明

# ▶ 03 家族稱呼

| 中文 / 英文 | 韓文 / 羅馬拼音 / 請用注音說說看 |
|---|---|
| 媽媽<br>Mother | **엄마**<br>eom-ma<br>ㄜˇ ㄇ ㄇㄚ |
| | **어머니**<br>eo-meo-ni<br>ㄜ ㄇ ㄡ ㄋㄧ |
| 爸爸<br>Father | **아빠**<br>a-ppa<br>ㄚ ㄅㄚ |
| | **아버지**<br>a-beo-ji<br>ㄚ ㄅ ㄡ ㄐㄧ |
| 姐姐<br>Elder Sister | (妹妹稱呼) **언니**<br>eon-ni<br>ㄜˇ ㄣ ㄋㄧ |
| | (弟弟稱呼) **누나**<br>nu-na<br>ㄋㄨ ㄋㄚ |
| 妹妹<br>Younger Sister | **여동생**<br>yeo-dong-saeng<br>ㄧㄜ ㄉ ㄨㄥ ㄙㄟ ㄥ |

| | |
|---|---|
| 哥哥<br>Elder Brother | (妹妹稱呼哥哥) 오빠<br>o-ppa<br>ㄡ ㄅㄚ |
| | (弟弟稱呼哥哥) 형<br>hyeong<br>ㄏ-ㄧㄡ-ㄥ |
| 弟弟<br>Younger Brother | 남동생<br>nam-dong-saeng<br>ㄋㄚ-ㅁㄉㄨㄥ ㄙㄟ-ㄥ |
| 外婆<br>Grandmother<br>(Maternal) | 외할머니<br>oe-hal-meo-ni<br>ㄨㄟ ㄏㄚ-ㄖ.ㄇㄡ ㄋㄧ |
| 外公<br>Grandfather<br>(Maternal) | 외할아버지<br>oe-ha-ra-beo-ji<br>ㄨㄟ ㄏㄚ ㄖㄚ.ㄅㄛ ㄐㄧ |
| 奶奶<br>Grandmother<br>(Paternal) | 할머니<br>hal-meo-ni<br>ㄏㄚ-ㄖ.ㄇㄡ ㄋㄧ |
| 爺爺<br>Grandfather<br>(Paternal) | 할아버지<br>ha-ra-beo-ji<br>ㄏㄚ ㄖㄚ.ㄅㄛ ㄐㄧ |
| 丈夫<br>husband | 남편<br>nam-pyeon<br>ㄋㄚ-ㅁ.ㄆㄧ-ㄛ-ㄣ |

房裡名稱 / 運動 / 家族稱呼 / 教室物品 / 大自然 / 十二生肖 / 星座 / 世界各國 / 電腦周邊 / 電子郵件 / 電腦操作 / 化妝品 / 內容說明

| | |
|---|---|
| 妻子<br>Wife | **아내**<br>a-nae<br>ㄚ ㄋㄟ |
| | **부인**<br>bu-in<br>ㄆㄨ ㄧㄣ |
| 女兒<br>Daughter | **딸**<br>ttal<br>ㄅㄚ ˉㄖ |
| 兒子<br>Son | **아들**<br>a-deul<br>ㄚ ㄅ ˉㄖ |
| 媳婦<br>Daughter-in-Law | **며느리**<br>myeo-neu-ri<br>ㄇㄧㄛ ㄋ ㄖㄧ |
| 女婿<br>Son-in-Law | **사위**<br>sa-wi<br>ㄙㄚ ㄩ |
| 男人<br>Man | **남자**<br>nam-ja<br>ㄋㄚ ˉㄇ ㄐㄧㄚ |
| 女人<br>Woman | **여자**<br>yeo-ja<br>ㄧㄛ ㄐㄧㄚ |

| 男孩<br>Boy | **남자애**<br>nam-ja-ae<br>ㄋㄚˊㄇㄐㄧㄚㄟ |
|---|---|
| 女孩<br>Girl | **여 자애**<br>yeo-ja-ae<br>ㄧㄡ ㄐㄧㄚㄟ |
| 小孩<br>Child | **어린아이**<br>eo-ri-na-i<br>ㄜ ㄖㄧㄥ ㄋㄚ ㄧ |
| 嬰孩<br>Infant | **갓난아기**<br>gan-na-na-gi<br>ㄎㄢ ㄋㄢˋㄋㄚ ㄍㄧ |

房裡名稱

運動

家族稱呼

教室物品

大自然

十二生肖

星座

世界各國

電腦周邊

電子郵件

電腦操作

化妝品

內容說明

## ▶ 04 教室裡常見的物品

| 中文 / 英文 | 韓文 / 羅馬拼音 / 請用注音說說看 |
|---|---|
| 書<br>Book | **책**<br>chaek<br>ㄑㄧㄝˇㄎ |
| 字典<br>Dictionary | **사전**<br>sa-jeon<br>ㄙㄚ ㄐㄧㄠˇㄣ |
| 筆記本<br>Notebook | **노트**<br>no-teu<br>ㄋㄡㄊ |
| 白紙<br>Paper | **종이**<br>jong-i<br>ㄑㄩㄥ ㄧ |
| | **백지**<br>baek-jji<br>ㄆㄟˇㄎ ㄐㄧ |
| 黑板<br>Blackboard | **칠판**<br>chil-pan<br>ㄑㄧˇㄖ ㄆㄢ |
| 板擦<br>Blackboard Eraser | **칠판 지우개**<br>chil-pan ji-u-gae<br>ㄑㄧ ㄨ ㄍㄟ |

| 粉筆<br>Chalk | **분필**<br>bun-pil<br>ㄆㄨㄣ ㄆㄧ~ㄖ |
| --- | --- |
| 鉛筆<br>Pencil | **연필**<br>yeon-pil<br>ㄧㄠ~ㄣ, ㄆㄧ~ㄖ |
| 自動鉛筆<br>Propelling Pencil<br>(英) /<br>Mechanical Pencil<br>(美) | **샤프펜슬**<br>sya-peu-pen-seul<br>ㄒㄧㄚ ㄆ, ㄆㄣ ㄙ ~ㄖ |
| 削鉛筆機<br>Pencil Sharpener | **연필깍기**<br>yeon-pil-kkak-kki<br>ㄧㄠ~ㄣ, ㄆㄧ~ㄖ, ㄍㄚ ㄍㄧ |
| 鋼筆<br>Fountain Pen | **만년필**<br>man-nyeon-pil<br>ㄇㄢ ㄋㄧㄠ~ㄣ, ㄆㄧ~ㄖ |
| 鋼筆水<br>Ink | **잉크**<br>ing-keu<br>ㄧㄥ ㄎ |
| 原子筆<br>Ball Pen | **볼펜**<br>bol-pen<br>ㄆㄡ~ㄖ ㄆㄟ~ㄣ |

房裡名稱

運動

家族稱呼

教室物品

大自然

十二生肖

星座

世界各國

電腦周邊

電子郵件

電腦操作

化妝品

內容說明

| | |
|---|---|
| 橡皮擦<br>Eraser | **지우개**<br>ji-u-gae<br>ㄑㄧㄨㄍㄟ |
| | **고무**<br>go-mu<br>ㄎㄡㄇㄨ |
| 修正液<br>Collection Fluid | **수정액**<br>su-jeong-aek<br>ㄙㄨ ㄐㄩㄥ ㄟ~ㄎ |
| 膠水<br>Glue | **풀**<br>pul<br>ㄆㄨ~ㄖ |
| 膠帶<br>(Adhesive) Tape | **테이프**<br>te-i-peu<br>ㄊㄟ ㄧ ㄆㄨ |
| 尺<br>Ruler | **자**<br>ja<br>ㄑㄧㄚ |
| 剪刀<br>Scissors | **가위**<br>ga-wi<br>ㄎㄚ ㄩ |
| 刀片<br>Blade | **커터 / 칼**<br>keo-teo / kal<br>ㄎㄡ ㄊㄡ / ㄎㄚ~ㄖ |

| | |
|---|---|
| 釘書機<br>Stapler | **스테플러**<br>seu-te-peul-leo<br>ㄙ ㄊㄟˋ,ㄆㄨ~ㄖ ㄌㄡ |
| | **호치키스**<br>ho-chi-ki-seu<br>ㄏㄡ ㄑㄧˋ,ㄎㄧ ㄙ |
| 迴紋針<br>Paper Clip | **클립**<br>keul-lip<br>ㄎ ㄌㄧ~ㄆ |
| 桌子<br>Table | **테이블**<br>te-i-beul<br>ㄊㄟ ㄧ ㄅㄨ~ㄖ |
| | **탁자**<br>tak-jja<br>ㄊㄚ~ㄎ ㄐㄧㄚ |
| 書桌<br>Desk | **책상**<br>chaek-ssang<br>ㄑㄧㄝ~ㄎ ㄙㄤ |
| 椅子<br>Chair | **의자**<br>ui-ja<br>ㄧ ㄐㄧㄚ |
| 佈告欄<br>Bulletin Board | **게시판**<br>ge-si-pan<br>ㄎㄟ ㄒㄧ ㄆㄢ |

房裡名稱<br>運動<br>家族稱呼<br>教室物品<br>大自然<br>十二生肖<br>星座<br>世界各國<br>電腦周邊<br>電子郵件<br>電腦操作<br>化妝品<br>內容說明

| 圖釘<br>Thumbtack (美) /<br>Drawing Pin (英) | 압핀<br>ap-pin<br>ㄚ ㄆㄧㄣ |
| --- | --- |
| 海報<br>Poster | 포스터<br>po-seu-teo<br>ㄆㄡ ㄙ ㄊㄚ |
| 磁鐵<br>Magnet | 자석<br>ja-seok<br>ㄑㄧㄚ ㄙㄡ～ㄎ |
| 地圖<br>Map | 지도<br>ji-do<br>ㄑㄧ ㄉㄡ |
| 鐘聲<br>School Bell Ring<br>Sound | 종소리<br>jong-so-ri<br>ㄑㄩㄥ ㄙㄡ ㄌㄧ |

## ▶ 05 大自然

mp3-29

| 中文 / 英文 | 韓文 / 羅馬拼音 / 請用注音說說看 |
|---|---|
| 地球<br>Earth | 지구<br>ji-gu<br>ㄑㄧ ㄍㄨ |
| 太陽<br>Sun | 태양 / 해 / 햇님<br>tae-yang / hae / haen-nim<br>ㄊㄟ ㄧㄤ / ㄏㄟ / ㄏㄟ ㄋㄧ ~ㄇ |
| 月亮<br>Moon | 달 / 달님<br>dal / dal-lim<br>ㄊㄚ ~ㄹ / ㄊㄚ ~ㄹ ㄋㄧ ~ㄇ |
| 星星<br>Star | 별<br>byeol<br>ㄆㄧㄡ ~ㄹ |
| 天空<br>Sky | 하늘<br>ha-neul<br>ㄏㄚ ㄋ ~ㄹ |
| 雲<br>Cloud | 구름<br>gu-reum<br>ㄎㄨ ㄖㄨ ~ㄇ |
| 雨<br>Rain | 비<br>bi<br>ㄆㄧ |

房裡名稱

運動

家族稱呼

教室物品

大自然

十二生肖

星座

世界各國

電腦周邊

電子郵件

電腦操作

化妝品

內容說明

| | |
|---|---|
| 風<br>Wind | **바람**<br>ba-ram<br>ㄅㄚ ㄇㄚ-ㄇ |
| 雪<br>Snow | **눈**<br>nun<br>ㄋㄨ-ㄣ |
| 彩虹<br>Rainbow | **무지개**<br>mu-ji-gae<br>ㄇㄨ ㄐㄧ ㄍㄟ |
| 山<br>Mountain | **산**<br>san<br>ㄙㄢ |
| 湖<br>Lake | **호수**<br>ho-su<br>ㄏㄡㄙㄨ |
| 沙灘<br>Beach | **모래사장**<br>mo-rae-sa-jang<br>ㄇㄡ ㄖㄟ、ㄙㄚ ㄐㄧ-ㄤ |
| 海洋<br>Ocean | **바다**<br>ba-da<br>ㄅㄚ ㄊㄚ |
| 春天<br>Spring | **봄**<br>bom<br>ㄆㄡ-ㄇ |

| | |
|---|---|
| 夏天<br>Summer | **여름**<br>yeo-reum<br>ㄧㄠ ㄖ ～ㄇ |
| 秋天<br>Autumn | **가을**<br>ga-eul<br>ㄎㄚ ㄨ ～ㄌ |
| 冬天<br>Winter | **겨울**<br>gyeo-ul<br>ㄎㄧㄠ ㄨ ～ㄌ |

房裡
名稱

運動

家族
稱呼

教室
物品

大自
然

十二
生肖

星座

世界
各國

電腦
周邊

電子
郵件

電腦
操作

化妝
品

內容
說明

## ▶ 06 十二生肖

| 中文 / 英文 | 韓文 / 羅馬拼音 / 請用注音說說看 |
|---|---|
| 鼠<br>Rat | **쥐띠**<br>jwi-tti<br>ㄐㄩ ㄉㄧ |
| 牛<br>Ox | **소띠**<br>so-tti<br>ㄙㄡ ㄉㄧ |
| 虎<br>Tiger | **호랑이띠**<br>ho-rang-i-tti<br>ㄏㄡ ㄖㄤ ㄧ ㄉㄧ |
| 兔<br>Rabbit | **토끼띠**<br>to-kki-tti<br>ㄊㄡ ㄍㄧ ㄉㄧ |
| 龍<br>Dragon | **용띠**<br>yong-tti<br>ㄩㄥ ㄉㄧ |
| 蛇<br>Snake | **뱀띠**<br>baem-tti<br>ㄆㄟ~ㄇ ㄉㄧ |
| 馬<br>Horse | **말띠**<br>mal-tti<br>ㄇㄚ~ㄖ ㄉㄧ |

| | |
|---|---|
| 羊<br>Goat | 양띠<br>yang-tti<br>ㄧㄤ ㄉㄧ |
| 猴<br>Monkey | 원숭이띠<br>won-sung-i-tti<br>ㄨㄛ ˙ㄣ ㄙㄨ ˙ㄥ ㄧ ㄉㄧ |
| 雞<br>Rooster | 닭띠<br>dak-tti<br>ㄊㄚ ˙ㄎ ㄉㄧ |
| 狗<br>Dog | 개띠<br>gae-tti<br>ㄎㄟ ㄉㄧ |
| 豬<br>Pig | 돼지띠<br>dwae-ji-tti<br>ㄊㄨㄟ ㄐㄧ ㄉㄧ |

## ▶ 07 星 座

| 中文 / 英文 | 韓文 / 羅馬拼音 / 請用注音說說看 |
|---|---|
| 牡羊座<br>Aries | **양자리**<br>yang-ja-ri<br>ㄧㅈ ㄐㄧㄚ ㄖㄧ |
| 金牛座<br>Taurus | **황소자리**<br>hwang-so-ja-ri<br>ㄏㄨㅈ ㄙㄡ、ㄐㄧㄚ ㄖㄧ |
| 雙子座<br>Gemini | **쌍둥이 자리**<br>ssang-dung-i-ja-ri<br>ㄙㅈ ㄉㄨˇㄥ ㄧ、ㄐㄧㄚ ㄖㄧ |
| 巨蟹座<br>Cancer | **게자리**<br>ge-ja-ri<br>ㄎㄟ ㄐㄧㄚ ㄖㄧ |
| 獅子座<br>Leo | **사자자리**<br>sa-ja-ja-ri<br>ㄙㄚ ㄐㄧㄚ、ㄐㄧㄚ ㄖㄧ |
| 處女座<br>Virgo | **처녀자리**<br>cheo-nyeo-ja-ri<br>ㄑㄧㄠ ㄋㄡ、ㄐㄧㄚ ㄖㄧ |
| 天秤座<br>Libra | **천칭자리**<br>cheon-ching-ja-ri<br>ㄑㄧㄠˇㄣ ㄑㄧㄥ、ㄐㄧㄚ ㄖㄧ |

| 天蠍座<br>Scorpio | **전갈자리**<br>jeon-gal-jja-ri<br>ㄐㄧㄠ~ㄣ ㄍㄚ~ㄌ, ㄐㄧㄚ ㄖㄧ |
| --- | --- |
| 射手座<br>Sagittarius | **사수자리**<br>sa-su-ja-ri<br>ㄙㄚ ㄙㄨ, ㄐㄧㄚ ㄖㄧ |
| 魔羯座<br>Capricorn | **염소자리**<br>yeom-so-ja-ri<br>ㄧㄠ~ㄇ ㄙㄡ, ㄐㄧㄚ ㄖㄧ |
| 水瓶座<br>Aquarius | **물병자리**<br>mul-byeong-ja-ri<br>ㄇㄨ~ㄖ ㄅㄧㄠ~ㄥ, ㄐㄧㄚ ㄖㄧ |
| 雙魚座<br>Pisces | **물고기자리**<br>mul-go-gi-ja-ri<br>ㄇㄨ~ㄖ ㄎㄡ ㄍㄧ, ㄐㄧㄚ ㄖㄧ |

房裡名稱

運動

家族稱呼

教室物品

大自然

十二生肖

星座

世界各國

電腦周邊

電子郵件

電腦操作

化妝品

內容說明

▶ 08 世界各國

| 中文 / 英文 | 韓文 / 羅馬拼音 / 請用注音說說看 |
|---|---|
| 亞洲<br>Asia | 아시아<br>a-si-a<br>ㄚ ㄒㄧ ㄚ |
| 韓國<br>Korea | 한국<br>han-guk<br>ㄏㄢ ㄍㄨˍㄎ |
| 台灣 / 中華民國<br>Taiwan /<br>Republic Of China<br>(ROC) | 타이완 / 대만<br>ta-i-wan / dae-man<br>ㄊㄚ ㄧ ㄨㄢ / ㄊㄟ ㄇㄢ<br><br>중화민국<br>jung-hwa-min-guk<br>ㄑㄧˍㄨㄥ ㄏㄨㄚ.<br>ㄇㄧㄣ ㄍㄨˍㄎ |
| 中國<br>China<br>(People's Republic of<br>China, PRC) | 중국<br>jung-guk<br>ㄑㄧˍㄨㄥ ㄍㄨˍㄎ |
| 日本<br>Japan | 일본<br>il-bon<br>ㄧ ㄖ ㄅㄡ ㄣ |

| 香港<br>Hong Kong | **홍콩**<br>hong-kong<br>ㄏㄨㄥ ㄎㄨㄥ |
| --- | --- |
| 新加坡<br>Singapore | **싱가포르**<br>sing-ga-po-reu<br>ㄒㄧㄥ ㄍㄚ, ㄆㄡ ㄖ |
| 菲律賓<br>Philippines | **필리핀**<br>pil-li-pin<br>ㄆㄧ ㄌㄧ ㄆㄧㄣ |
| 越南<br>Vietnam | **베트남**<br>be-teu-nam<br>ㄆㄟ ㄊ ㄋㄚ -ㄇ |
| 印尼<br>Indonesia | **인도네시아**<br>in-do-ne-si-a<br>ㄧㄣ ㄉㄡ, ㄋㄟ ㄒㄧ ㄚ |
| 泰國<br>Thailand | **태국**<br>tae-guk<br>ㄊㄟ ㄍㄨ -ㄎ |
| 馬來西亞<br>Malaysia | **말레이지아**<br>mal-le-i-ji-a<br>ㄇㄚ ㄌㄟ ㄧ ㄐㄧ ㄚ |
| 馬爾地夫<br>Maldives | **몰디브**<br>mol-di-beu<br>ㄇㄡ -ㄖ ㄉㄧ -ㄅ |

房裡名稱

運動

家族稱呼

教室物品

大自然

十二生肖

星座

世界各國

電腦周邊

電子郵件

電腦操作

化妝品

內容說明

| 北美<br>North America | 북미<br>bung-mi<br>ㄆㄨˋㄅㄇㄧˇ |
| --- | --- |
| 南美<br>South America | 남미<br>nam-mi<br>ㄋㄢㄇㄧˇ |
| 美國<br>the United States of America | 미국<br>mi-guk<br>ㄇㄧˇㄍㄨˊㄎ |
| 夏威夷<br>Hawaii | 하와이<br>ha-wa-i<br>ㄏㄚ ㄨㄚ ㄧˋ |
| 加拿大<br>Canada | 캐나다<br>kae-na-da<br>ㄎㄟ ㄋㄚ ㄉㄚ |
| 古巴<br>Cuba | 쿠바<br>ku-ba<br>ㄎㄨ ㄅㄚ |
| 多明尼加<br>Dominican Republic | 도미니카<br>do-mi-ni-ka<br>ㄊㄡ ㄇㄧ ㄋㄧ ㄎㄚ |
| 波多黎各<br>Puerto Rico | 푸에르토리코<br>pu-e-reu-to-ri-ko<br>ㄆㄨ ㄝ ㄖ, ㄊㄡ ㄌㄧ ㄎㄡ |

| | |
|---|---|
| 墨西哥<br>Mexico | **맥시코**<br>maek-ssi-ko<br>ㄇㄟˋ ㄎ ㄒ ㄧ ㄎㄡ |
| 委內瑞拉<br>Venezuela | **베네즈웰라**<br>be-ne-jeu-wel-la<br>ㄅㄟ ㄋㄟ ㄗㄨㄟ ㄌㄚ |
| 歐洲<br>Europe | **유럽**<br>yu-reop<br>ㄧˇ ㄨ ㄖㄡˇ ㄆ |
| 英國<br>United Kingdom of<br>Great Britain (UK) | **영국**<br>yeong-guk<br>ㄧㄠˇ ㄥ ㄍ ㄨˇ ㄎ |
| 法國<br>France | **프랑스 / 불란서**<br>peu-rang-seu / bul-lan-seo<br>ㄆㄨ ㄖㄤ ㄙ / ㄆㄨˋ ㄖ ㄌㄢ ㄙㄡ |
| 德國<br>Germany | **독일**<br>do-gil<br>ㄊㄡ ㄍㄧˇ ㄖ |
| 西班牙<br>Spain | **스페인**<br>seu-pe-in<br>ㄙ ㄆㄟ ㄧㄣ |
| 冰島<br>Iceland | **아이스랜드**<br>a-i-seu-raen-deu<br>ㄚ ㄧ ㄙ, ㄌㄟ ㄣ ㄅ |

房裡名稱

運動

家族稱呼

教室物品

大自然

十二生肖

星座

世界各國

電腦周邊

電子郵件

電腦操作

化妝品

內容說明

| 丹麥<br>Denmark | **덴마크**<br>den-ma-keu<br>ㄉㄟˋㄅㄇㄚ˙ㄎ |
| 荷蘭<br>Netherlands | **홀랜드**<br>hol-laen-deu<br>ㄏㄡㄉㄟˋㄅㄉ |
| 義大利<br>Italy | **이태리**<br>i-tae-ri<br>ㄧㄊㄟˋ 回ㄧ |
| 瑞典<br>Sweden | **스웨덴**<br>seu-we-den<br>ㄙㄨㄟˋㄉㄟˋㄅ |
| 瑞士<br>Switzerland | **스위스**<br>seu-wi-seu<br>ㄙㄨㄧㄙ |
| 奧地利<br>Austria | **오스트리아**<br>o-seu-teu-ri-a<br>ㄡㄙㄊ 回ㄧㄧㄚ |
| 土耳其<br>Turkey | **터어키**<br>teo-eo-ki<br>ㄊㄡㄛㄎㄧ |
| 匈牙利<br>Hungary | **항가리**<br>hang-ga-ri<br>ㄏㄤㄍㄚ 回ㄧ |

| | |
|---|---|
| 俄羅斯<br>Russia | **러시아**<br>reo-si-a<br>ㄖㄨ ㄒㄧ ㄚ |
| 非洲<br>Africa | **아프리카**<br>a-peu-ri-ka<br>ㄚ ㄆㄨ ㄖㄧ ㄎㄚ |
| 埃及<br>Egypt | **이집트**<br>i-jip-teu<br>ㄧ ㄐㄧ~ ㄆ ㄊ |
| 摩洛哥<br>Morocco | **모로코**<br>mo-ro-ko<br>ㄇㄡ ㄖㄡ ㄎㄡ |
| 澳洲<br>Australia | **호주**<br>ho-ju<br>ㄏㄡ ㄐㄧ~ㄨ |
| 紐西蘭<br>New Zeland | **뉴질랜드**<br>nyu-jil-laen-deu<br>ㄋㄧㄡ ㄐㄧ, ㄌㄟ~ㄣ ㄉ |

房裡
名稱

運動

家族
稱呼

教室
物品

大自
然

十二
生肖

星座

世界
各國

電腦
周邊

電子
郵件

電腦
操作

化妝
品

內容
說明

 09 電腦周邊物品

 mp3-33

| 中文 / 英文 | 韓文 / 羅馬拼音 / 請用注音說說看 |
|---|---|
| 電腦<br>Computer | **컴퓨터**<br>keom-pyu-teo<br>ㄎㄛ-ㄇ、ㄆㄧ-ㄨ、ㄊㄡ |
| 電腦螢幕<br>Display Screen | **모니터**<br>mo-ni-teo<br>ㄇㄡ ㄋㄧ ㄊㄡ |
| 筆記型電腦<br>Notebook PC | **노트북**<br>no-teu-buk<br>ㄋㄡ ㄊ ㄅㄨ-ㄅ |
| 印表機<br>Printer | **프린터**<br>peu-rin-teo<br>ㄆㄨ ㄖㄧ-ㄣ ㄊㄡ |
| 影印紙<br>Copying Paper | **복사지**<br>bok-ssa-ji<br>ㄆㄡ-ㄅ ㄙㄚ ㄐㄧ |
| 影印機<br>Copier | **복사기**<br>bok-ssa-gi<br>ㄆㄡ-ㄅ ㄙㄚ ㄍㄧ |
| 滑鼠<br>Mouse | **마우스**<br>ma-u-seu<br>ㄇㄚ ㄨ ㄙ |

| 鍵盤<br>Keyboard | 키보드<br>ki-bo-deu<br>ㅋㅣ-ㅂㄨㄉ |
| --- | --- |
| 光碟燒錄片<br>CD-ROM | 시디롬<br>si-di-rom<br>ㄒㄧ-ㄉㄧ-ㄖㄡˇㄇ |
| 隨身碟<br>USB Flash Drive | USB 메모리<br>USB me-mo-ri<br>USB ㄇㄟ-ㄇㄨ-ㄌㄧ |

房裡
名稱

運動

家族
稱呼

教室
物品

大自
然

十二
生肖

星座

世界
各國

電腦
周邊

電子
郵件

電腦
操作

化妝
品

內容
說明

# ▶ 10 電子郵件專有名詞

| 中文 / 英文 | 韓文 / 羅馬拼音 / 請用注音說說看 |
|---|---|
| 收件夾<br>Inbox | **받은 메일함**<br>ba-deun me-il-ham<br>ㄆㄚ ㄉㄣ, ㄇㄟ 一 ㄖㄚ ˇㄇ |
| 寄件夾<br>Outbox | **보낸 메일함**<br>bo-naen me-il-ham<br>ㄆㄡ ㄋㄟ ˇㄣ, ㄇㄟ 一 ㄖㄚ ˇㄇ |
| 草稿<br>Draft | **임시 보관함**<br>im-si bo-gwan-ham<br>一 ˇㄇ ㄒ一, ㄆㄡ ㄎㄨㄢ, ㄏㄚ ˇㄇ |
| 寄件備份<br>Sent | **보낸메일함에 저장**<br>bo-naen-me-il-ha-me jeo-jang<br>ㄆㄡ ㄋㄟ ˇㄣ, ㄇㄟ 一 ㄖㄚ ㄇㄟ, ㄑ一ㄛ ㄐ一ㄤ |
| 收件者<br>To | **받는 사람**<br>ban-neun sa-ram<br>ㄆㄢ ㄋㄣ, ㄙㄚ ㄖㄚ ˇㄇ |
| 寄件者<br>From | **보내는 사람**<br>bo-nae-neun sa-ram<br>ㄆㄡ ㄋㄟ ㄋㄣ, ㄙㄚ ㄖㄚ ˇㄇ |
| 主旨<br>Subject | **제목**<br>je-mok<br>ㄑ一ㄝ ㄇㄡ ˇㄎ |

| 收到日期<br>Date | **받은 날짜**<br>ba-deun nal-jja<br>ㄆㄚ ㄉㄨㄣ, ㄋㄚ~ㄖ ㄐㄧㄚ |
|---|---|
| 電子郵件<br>E-mail | **이메일**<br>i-me-il<br>ㄧ ㄇㄟ ㄧ~ㄖ |
| 回覆<br>Reply | **답장**<br>dap-jjang<br>ㄊㄚ~ㄆ ㄐㄧㄤ |
| 全部回覆<br>Reply All | **전체 답장**<br>jeon-che dap-jjang<br>ㄐㄧㄠ~ㄣ ㄑㄧㄝ, ㄊㄚ~ㄆ ㄐㄧㄤ |
| 轉寄<br>Forward | **전달**<br>jeon-dal<br>ㄐㄧㄠ~ㄣ ㄉㄚ~ㄖ |
| 傳送<br>Send | **보내기**<br>bo-nae-gi<br>ㄆㄡ ㄋㄟ ㄍㄧ |
| 接收<br>Incoming | **받기**<br>bat-kki<br>ㄆㄚ~ㄉ ㄍㄧ |
| 垃圾郵件<br>Junk | **스팸메일**<br>seu-paem-me-il<br>ㄙ ㄆㄟ~ㄇ, ㄇㄟ ㄧ~ㄖ |

房裡名稱

運動

家族稱呼

教室物品

大自然

十二生肖

星座

世界各國

電腦周邊

電子郵件

電腦操作

化妝品

內容說明

| | |
|---|---|
| 刪除的郵件<br>Deleted | 삭제 메일<br>sak-jje me-il<br>ㄙㄚ ˇㄎ ㄐㄧㄝ, ㄇㄟ ㄧ ˇㄖ |
| 插入檔案<br>Attach | 파일첨부<br>pa-il-cheom-bu<br>ㄆㄚ ㄧ ˇㄖ, ㄑㄧㄠ ˇㄇ ㄅㄨ |
| 連絡人清單<br>All Contacts | 주소록<br>ju-so-rok<br>ㄑㄧ ˇㄨ ㄙㄡ, ㄖㄡ ˇㄎ |
| 字型<br>Font | 글꼴<br>geul-kkol<br>ㄎ ˇㄖ ㄍㄡ ˇㄖ |
| 亂碼<br>Error Codes | 코드 에러 (글자 깨짐 현상)<br>ko-deu e-reo<br>ㄎㄡ ㄉ ㄟ ㄖㄡ |

# ▶ 11 電腦操作專有名詞

| 中文 / 英文 | 韓文 / 羅馬拼音 / 請用注音說說看 |
|---|---|
| 壓縮<br>Data Compression | **압축하기**<br>ap-chu-ka-gi<br>ㄚ~ㄆ ㄑㄧ~ㄨ. ㄎㄚ ㄍㄧ |
| 解壓縮<br>Data Decompression | **압축풀기**<br>ap-chuk-pul-gi<br>ㄚ~ㄆ ㄑㄧ~ㄨ. ㄆㄨ~ㄖ ㄍㄧ |
| 安裝<br>Install | **설치**<br>seol-chi<br>ㄙㄨ~ㄖ ㄑㄧ |
| 取消<br>Cancel | **취소**<br>chwi-so<br>ㄑㄩ ㄙㄨ |
| 同意<br>Agree | **동의**<br>dong-ui<br>ㄊㄨㄥ ㄧ |
| 不同意<br>Disagree | **동의하지 않음**<br>dong-ui-ha-ji a-neum<br>ㄊㄨㄥ ㄧ. ㄏㄚ ㄐㄧ. ㄚ ㄋ~ㄇ |
| 下一步<br>Next | **다음**<br>da-eum<br>ㄊㄚ ㄨ~ㄇ |

房裡名稱

運動

家族稱呼

教室物品

大自然

十二生肖

星座

世界各國

電腦周邊

電子郵件

電腦操作

化妝品

內容說明

| 回上一步驟<br>Previous | **전단계**<br>jeon-dan-gye<br>ㄑㄧㄠ ˇㄣ ㄊㄢ ㄍㄟ |
|---|---|
| 重新啟動電腦<br>Restart the Computer | **다시 시작**<br>da-si si-jak<br>ㄊㄚ ㄒㄧˉ, ㄒㄧ ㄐㄧㄚ ˇㄎ |
| 格式化<br>Format | **포맷**<br>po-maet<br>ㄆㄡ ㄇㄟˇ ㄊ |
| 開新檔案<br>New | **새 파일**<br>sae-pa-il<br>ㄙㄟ ㄆㄚ ㄧˉㄖ |
| 開啟舊檔<br>Open | **열기**<br>yeol-gi<br>ㄧㄠˇㄖ ㄍㄧ |
| 剪下<br>Cut | **잘라내기**<br>jal-la-nae-gi<br>ㄑㄧㄚ ㄌㄚ, ㄋㄟ ㄍㄧ |
| 複製<br>Copy | **복사**<br>bok-ssa<br>ㄆㄡ ˇㄎ ㄙㄚ |
| 貼上<br>Paste | **붙여넣기**<br>bu-tyeo-neo-ki<br>ㄆㄨ ㄑㄧㄡ, ㄋㄡ ㄎㄧ |

| 列印<br>Print | **인쇄**<br>in-swae<br>ㄧㄣ ㄙㄨㄟ |
|---|---|
| 預覽列印<br>Preview | **인쇄 미리보기**<br>in-swae mi-ri-bo-gi<br>ㄧㄣ ㄙㄨㄟ, ㄇㄧ ㄖㄧ, ㄆㄡ ㄍㄧ |
| 儲存<br>Save | **저장**<br>jeo-jang<br>ㄑㄧㄠ ㄐㄧㄤ |
| 資源回收桶<br>Recycle Bin | **휴지통**<br>hyu-ji-tong<br>ㄏㄧ~ㄨ ㄐㄧ ㄊㄤㄥ |

房裡名稱

運動

家族稱呼

教室物品

大自然

十二生肖

星座

世界各國

電腦周邊

電子郵件

電腦操作

化妝品

內容說明

## ▶ 12 化妝品

| 中文 / 英文 | 韓文 / 羅馬拼音 / 請用注音說說看 |
|---|---|
| 化妝品<br>Cosmetics | **화장품**<br>hwa-jang-pum<br>ㄏㄨㄚˋ ㄑㄧㄤ ㄆㄇㄨ |
| 防曬霜<br>Sun Block Cream | **썬블록 크림**<br>sseon-beul-lok keu-rim<br>ㄙㄠ-ㄣ ㄅㄨ ㄌㄡ-ㄎ, ㄎ ㄖㄧ-ㄇ |
| 洗面皂<br>Cleansing Soap | **세수비누**<br>se-su-bi-nu<br>ㄙㄟ ㄙㄨˋ, ㄅㄧ ㄋㄨ |
| 洗面霜<br>Cleansing Cream | **클렌징 크림**<br>keul-len-jing keu-rim<br>ㄎ ㄌㄟ-ㄣ ㄐㄧㄥ, ㄎ ㄖㄧ-ㄇ |
| 洗面油<br>Cleansing Oil | **클렌징 오일**<br>keul-len-jing o-il<br>ㄎ ㄌㄟ-ㄣ ㄐㄧㄥ, ㄡ ㄧ-ㄖ |
| 洗面乳液<br>Facial Cleanser | **클렌징 로션**<br>keul-len-jing ro-syeon<br>ㄎ ㄌㄟ-ㄣ ㄐㄧㄥ, ㄌㄡ ㄒㄧㄠ-ㄣ |
| 面膜<br>Facial Mask /<br>Masque | **마스크 팩**<br>ma-seu-keu paek<br>ㄇㄚ ㄙ ㄎ, ㄆㄟ-ㄎ |

| | |
|---|---|
| 睡眠面膜<br>Sleeping Mask | **수면 마스크 팩**<br>su-myeon ma-seu-keu paek<br>ㄙㄨㄇㄛㄢ,ㄇㄚㄙㄎㄟˇㄆㄟˋ |
| 化妝棉<br>Cotton Pads | **화장솜**<br>hwa-jang-som<br>ㄏㄨㄚㄐㄧ木,ㄙㄡㄇ |
| 護手霜<br>Hand Cream | **핸드크림**<br>haen-deu-keu-rim<br>ㄏㄟㄣㄉ,ㄎㄖㄧㄇ |
| 乳液<br>Milk Moisturizing<br>Lotion | **로션**<br>ro-syeon<br>ㄖㄡㄒㄧㄛㄢ |
| 化妝水<br>Toning Lotion | **스킨**<br>seu-kin<br>ㄙㄎㄧㄣ |
| | **소프너**<br>so-peu-neo<br>ㄙㄡㄆㄋㄛ |
| 保濕霜<br>Moisturizer /<br>Moisturizing Lotion | **보습크림**<br>bo-seup-keu-rim<br>ㄆㄡㄙㄆ,ㄎㄖㄧㄇ |
| 眼霜<br>Eye Cream | **아이크림**<br>a-i-keu-rim<br>ㄚㄧ,ㄎㄖㄧㄇ |

房裡名稱
運動
家族稱呼
教室物品
大自然
十二生肖
星座
世界各國
電腦周邊
電子郵件
電腦操作
化妝品
內容說明

| 營養霜<br>Skin Cream | 영양크림<br>yeong-yang-keu-rim<br>ㄧㄛˇㄥ ㄧ尢, ㄎ ㄖ ㄧ ˋㄇ |
|---|---|
| 冷霜<br>Cold Cream | 콜드크림<br>kol-deu-keu-rim<br>ㄎㄡˇㄇ ㄅ, ㄎ ㄖ ㄧ ˋㄇ |
| 按摩霜<br>Massage Cream | 맛사지크림<br>mat-ssa-ji-keu-rim<br>ㄇㄚ ㄙㄚ ㄐㄧ, ㄎ ㄖ ㄧ ˋㄇ |
| BB霜<br>BB Cream | BB크림<br>BB keu-rim<br>BB, ㄎ ㄖ ㄧ ˋㄇ |
| 精華濃縮液<br>Serum | 세럼<br>se-reom<br>ㄙㄟ ㄖㄡ ˋㄇ |
| 精華液<br>Essence | 에센스<br>e-sen-seu<br>ㄟ ㄙㄟˋㄅ ㄥ |
| 隔離霜<br>Protect Base / Block | 메이크업 베이스<br>me-i-keu-eop be-i-seu<br>ㄇㄟ ㄧ ㄎㄛˇ ˋㄆ, ㄅㄟ ㄧ ㄥ |

| | |
|---|---|
| 粉底液<br>Cream Foundation | **파운데이션**<br>pa-un-de-i-syeon<br>ㄆㄚ ㄨㄣ ㄉㄟ ㄧ, ㄒㄧㄠ ㄣ |
| | **화운데이션**<br>hwa-un-de-i-syeon<br>ㄏㄨㄚ ㄨㄣ ㄉㄟ ㄧ, ㄒㄧㄠ ㄣ |
| 粉餅<br>Compact Powder<br>Foundation | **콤팩트 파우더**<br>kom-paek-teu pa-u-deo<br>ㄎㄡ ㄇ, ㄆㄟ ㄎ ㄊ, ㄆㄚ ㄨ ㄉㄚ. |
| | **트윈 케잌**<br>teu-win ke-ik<br>ㄊ ㄨㄣ, ㄎㄟ ㄧ ㄎ |
| 眉筆<br>Eyebrow Pencil | **아이브로우 펜슬**<br>a-i-beu-ro-u pen-seul<br>ㄚ ㄧ, ㄅㄨ ㄖㄡ ㄨ, ㄆㄟ ㄣ ㄙ ㄖ |
| 睫毛膏<br>Mascara | **마스카라**<br>ma-seu-ka-ra<br>ㄇㄚ ㄙ ㄎㄚ ㄖㄚ |
| 眼影<br>Eye Shadow /<br>Eye Color | **아이샤도우**<br>a-i-sya-do-u<br>ㄚ ㄧ, ㄒㄧㄚ ㄉㄡ ㄨ |
| 口紅<br>Lipstick | **립스틱**<br>rip-sseu-tik<br>ㄖ ㄅ, ㄙ ㄊ ㄧ ㄎ |

| 唇蜜<br>Lip Gloss | **립글로스**<br>rip-kkeul-lo-seu<br>ㄖㄧ-ㄅ, ㄍ ㄎㄡ ㄥ |
|---|---|
| 腮紅<br>Blush | **블러셔**<br>beul-leo-syeo<br>ㄅ ㄎㄡ ㄒㄧㄠ |
| | **볼터치**<br>bol-teo-chi<br>ㄆㄡ-ㄖ, ㄊㄡ ㄑㄧ |
| 指甲油<br>Nail Polish | **매니큐어**<br>mae-ni-kyu-eo<br>ㄇㄟ ㄋㄧ-, ㄎㄧ-ㄨㄜ |
| 去光水<br>Nail Color Remover | **아세톤**<br>a-se-ton<br>ㄚ ㄙㄟ ㄊㄨㄥ |
| 洗髮精<br>Shampoo | **샴푸**<br>syam-pu<br>ㄒㄧㄚ-ㄇ ㄆㄨ |
| 潤絲<br>Rinse | **린스**<br>rin-seu<br>ㄖㄧ-ㄅ ㄥ |
| 毛巾<br>Towel / Washcloth | **타올**<br>ta-ol<br>ㄊㄚ ㄡ-ㄖ |

| 裹頭巾<br>Headcloth | **머리수건**<br>meo-ri-su-geon<br>ㄇㄡ ㄌㄧ，ㄙㄨㄍㄛ-ㄣ |
| --- | --- |
| 乾性肌膚<br>Dry Skin | **건성피부**<br>geon-seong-pi-bu<br>ㄎㄛ-ㄣ ㄙㄨㄥ，ㄆㄧㄅㄨ |
| 油性肌膚<br>Oily Skin | **지성피부**<br>ji-seong-pi-bu<br>ㄑㄧ ㄙㄨㄥ，ㄆㄧㄅㄨ |
| 中性肌膚<br>Normal Skin | **중성피부**<br>jung-seong-pi-bu<br>ㄑㄧ-ㄨ-ㄥ ㄙㄨㄥ，ㄆㄧㄅㄨ |

房裡名稱 運動 家族稱呼 教室物品 大自然 十二生肖 星座 世界各國 電腦周邊 電子郵件 電腦操作 化妝品 內容說明

## ▶ 13 內容物說明標示

| 中文 / 英文 | 韓文 / 羅馬拼音 / 請用注音說說看 |
|---|---|
| 注意事項<br>Attention / Notice | **주의사항**<br>ju-ui-sa-hang<br>ㄐㄧㄨ一. ㄙㄚ ㄏㄤ |
| 使用方法<br>Directions | **사용법**<br>sa-yong-beop<br>ㄙㄚ ㄩㄥ. ㄅㄜ-ㄅ |
| 標示成份<br>Content | **표시성분**<br>pyo-si-seong-bun<br>ㄆ一ㄡ ㄒ一. ㄙㄨㄥ ㄅㄨ-ㄣ |
| 產品種類名<br>Item Name /<br>Product Name | **품목명**<br>pum-mong-myeong<br>ㄆㄨ-ㄇ ㄇㄡ-ㄍ. ㄇ一ㄜ-ㄥ |
| 品名<br>Product Name /<br>Commodity Name | **제품명**<br>je-pum-myeong<br>ㄐ一ㄝ ㄆㄨ-ㄇ. ㄇ一ㄜ-ㄥ |
| 效能<br>Product Effect /<br>Performance | **효능**<br>hyo-neung<br>ㄏ一-ㄡ ㄋㄥ |
| 效果<br>Product Effect | **효과**<br>hyo-gwa<br>ㄏ一-ㄡ ㄍㄨㄚ |

| | |
|---|---|
| 用法用量<br>Application Method /<br>Instructions /<br>Dosage and<br>Administration | **용법 용량**<br>yong-beop yong-nyang<br>ㄩㄥ ㄆㄠ ˙ㄅ, ㄩㄥ ㄋㄧㄤ |
| 產品特性<br>Product<br>Characteristics | **제품특성**<br>je-pum-teuk-sseong<br>ㄑㄧㄝ ㄆㄨ ˙ㄇ, ㄊㄜ ˙ㄎ ㄙㄨㄥ |
| 營養成分<br>Nutrition Facts | **영양성분**<br>yeong-yang-seong-bun<br>ㄧㄠ ˙ㄥ ㄧㄤ, ㄙㄨㄥ ㄅㄨ ˙ㄣ |
| 原料<br>Ingredients /<br>Components | **원료**<br>wol-lyo<br>ㄨㄛ ˙ㄣ ㄌㄧㄡ |
| 保存方法<br>Storage Method | **보존방법**<br>bo-jon-bang-beop<br>ㄆㄡ ㄑㄧㄡ ˙ㄣ, ㄆㄤ ㄆㄠ ˙ㄅ |
| 製造商<br>Manufacturer | **제조원**<br>je-jo-won<br>ㄑㄧㄝ ㄐㄧㄡ, ㄨㄛ ˙ㄣ |
| 銷售商<br>Trader / Merchant | **판매원**<br>pan-mae-won<br>ㄆㄢ ㄇㄟ, ㄨㄛ ˙ㄣ |

房裡名稱

運動

家族稱呼

教室物品

大自然

十二生肖

星座

世界各國

電腦周邊

電子郵件

電腦操作

化妝品

內容說明

| 產品類型<br>Product Category | **제품유형**<br>je-pu-myu-hyeong<br>ㄑㄧㄝ ㄆㄨ˗ㄇ, ㄧ˗ㄨ ㄏㄧㄠ˗ㄥ |
| --- | --- |
| 成份含量<br>Content Components | **성분함량**<br>seong-bun-ham-nyang<br>ㄥㄨㄥ ㄅㄨ˗ㄣ, ㄏㄚ˗ㄇ ㄋㄧㄤ |
| 攝取量<br>Application Quantity /<br>Dosage<br>(用藥劑量) | **섭취량**<br>seop-chwi-ryang<br>ㄥㄠ˗ㄅ ㄑㄩ, ㄌㄧㄤ |
| 攝取方法<br>Application Method /<br>Administration<br>(服藥方法) | **섭취방법**<br>seop-chwi-bang-beop<br>ㄥㄠ˗ㄅ ㄑㄩ, ㄆㄤ ㄆㄠ˗ㄅ |
| 內容量<br>Content | **내용량**<br>nae-yong-nyang<br>ㄋㄟ ㄩㄥ, ㄌㄧㄤ |
| 重量<br>Weight | **중량**<br>jung-nyang<br>ㄑㄧ˗ㄨ˗ㄥ, ㄌㄧㄤ |
| 拆封處<br>Open it here. | **뜯는 곳**<br>tteun-neun got<br>ㄉㄣ ㄋㄣ ㄍㄡ˗ㄊ |

| | |
|---|---|
| 贈品<br>Free Gift | **증정품**<br>jeung-jeong-pum<br>ㄗㄥ ㄑㄧㄠ ˋㄥ ㄆㄨ ˊㄇ |
| 贈品用<br>Free Gift | **증정용**<br>jeung-jeong-yong<br>ㄗㄥ ㄑㄧㄠ ˋㄥ ㄩㄥ |
| 樣品<br>Sample | **견본품**<br>gyeon-bon-pum<br>ㄎ ㄧㄠ ˇㄣ. ㄆㄡ ˇㄣ. ㄆㄨ ˊㄇ |
| 非賣品<br>Not-For-Sale Item | **비매품**<br>bi-mae-pum<br>ㄆㄧ ㄇㄟ ˋ. ㄆㄨ ˊㄇ |

房裡
名稱

運動

家族
稱呼

教室
物品

大自
然

十二
生肖

星座

世界
各國

電腦
周邊

電子
郵件

電腦
操作

化妝
品

內容
說明

# ❸ 韓國生活會話體驗篇

## ▶ 01 時下韓國年輕人常用的手機簡訊

| 簡訊戀愛用語 | |
|---|---|
| 我愛你<br>I love you. | **알러뷰 (I love you)**<br>al-leo-byu<br>ㄞ ㄌㄡ ㄅㄧ ㄨ |
| 我好想你(妳)<br>I miss you so much. | **보고파 자갸**<br>bo-go-pa ja-gya<br>ㄆㄡ ㄍㄡ ㄆㄚ, ㄑㄧ ㄚ ㄍㄧ ㄚ |
| 我只愛你(妳)一個<br>You are my only love. | **내겐너뿐**<br>nae-gen-neo-ppun<br>ㄋㄟ ㄍㄣ, ㄋㄡ ㄅㄨ ㄣ |

## 簡訊溝通用語

手機簡訊
戀愛詩詞
口頭禪
外來語
交通號誌

| | |
|---|---|
| 一起用午餐吧。<br>Let's go for lunch. | **점심같이 먹자**<br>jeom-sim-ga-chi meok-jja<br>ㄑ一ㄠ-ㄇ ㄒ一-ㄇ, ㄎㄚ ㄑ一, ㄇㄡ-ㄎ ㄐ一ㄚ |
| 對不起，真的。<br>I'm really sorry. | **미안해 정말**<br>mi-an-hae jeong-mal<br>ㄇ一ㄚ ㄋㄟ, ㄑㄩㄥ ㄇㄚ-ㄖ |
| 好朋友，<br>謝謝你(妳)<br>Thank you, buddy. | **친구야- 고마워**<br>chin-gu-ya- go-ma-wo<br>ㄑ一ㄣ ㄍㄨ-ㄚ, ㄎㄡ ㄇㄚ ㄨㄛ |
| 祝你(妳)<br>有愉快的一天<br>Have a nice day. | **즐건 하루 되라**<br>jeul-kkeon ha-ru doe-ra<br>ㄑ一-ㄖ ㄍㄡ-ㄣ, ㄏㄚ ㄖㄨ, ㄊㄨㄟ ㄖㄚ |

## ▶ 02 戀愛詩詞

| 中文 / 英文 | 韓文 / 羅馬拼音 / 請用注音說說看 |
|---|---|
| 遇到你，<br>體會了幸福<br>You have brought the happiness to my life. | 널만나서 느낀건 행복이고<br>neol-man-na-seo neu-kkin-geon haeng-bo-gi-go<br>ㄋㄛ～ㅁ.ㄇㄢ ㄋㄚ ㄙㄡ,<br>ㄋ ㄍㄧㄣ ㄍㄛ～ㄣ, ㄏㄟ～ㄥ ㄅㄡ ㄍㄧ ㄍㄡ |
| 遇到你，<br>多出了笑容<br>You have brought joy to my life. | 널만나서 많아진건 웃음이고<br>neol-man-na-seo ma-na-jin-geon u-seu-mi-go<br>ㄋㄛ～ㅁ.ㄇㄢ ㄋㄚ ㄙㄡ,<br>ㄇㄚ ㄋㄚ ㄐㄧㄣ ㄍㄛ～ㄣ, ㄨ ㄙ ㄇㄧ～ㄍㄡ, |
| 遇到你，<br>學到了愛情<br>I know the happiness of loving and being loved because of you. | 널만나서 배운건 사랑이야<br>neol-man-na-seo bae-un-geon sa-rang-i-ya<br>ㄋㄛ～ㅁ.ㄇㄢ ㄋㄚ ㄙㄡ,<br>ㄆㄟ ㄨㄣ ㄍㄛ～ㄣ, ㄙㄚ ㄖㄤ, ㄧ～ㄚ. |

## ▶ 03 常用的口頭禪

mp3-40

手機簡訊
戀愛詩詞
口頭禪
外來語
交通號誌

| 中文 / 英文 | 韓文 / 羅馬拼音 / 請用注音說說看 |
|---|---|
| 幹嘛這樣？<br>What for?<br>What's eating you?<br>Come on!<br>Relax….<br>Take it easy. | 왜 그래?<br>wae-geu-rae?<br>ㄨㄝ ㄍㄨ ㄖㄝ |
| 真受不了！<br>I'm sick and tired of it!<br>How annoying!<br>Enough!<br>I'm so fed up! | 골때린다!<br>gol-ttae-rin-da!<br>ㄎㄡ~ㄖ, ㄅㄟ ㄖㄧㄣ ㄉㄚ! |
| 你瘋啦？<br>你怎麼搞的？<br>Are you crazy? /<br>Are you out of your mind? /<br>Are you insane? | 미쳤어?<br>mi-cheo-sseo?<br>ㄇㄧ ㄑㄧㄠ ㄙㄡ? |
| 你真行！你很厲害嘛！<br>（表示做得好，做得對。）<br>Well done! /<br>Good job! /<br>You're the man. | 잘 한다!<br>jal han-da!<br>ㄑㄧㄚ ㄖㄢ ㄉㄚ! |

| | |
|---|---|
| 好奇怪喔~ / 奇怪了！<br>1. 當氣氛詭異時可以用。<br>2. 形容人的性格很奇怪也可以用。<br>3. 當遇到問題，百思不得其解時也<br>　可以用。<br>It's kind of weird! / It doesn't add up. /<br>It makes no sense. | **이상해~!**<br>i-sang-hae~!<br>ㄧㄤ ㄏㄟ~! |
| 笨蛋！<br>Idiot / You fool!<br>Moron! / Jerk! | **바보!**<br>ba-bo!<br>ㄅㄚ ㄅㄡ! |
| 真的嗎！<br>Really?!<br>Are you serious?<br>For real? | **정말이야!**<br>jeong-ma-ri-ya!<br>ㄐㄧㄠ~ㄥ ㄇㄚ, ㄖ ㄧ ㄧㄚ! |
| 我忘了！<br>Oops, I forgot! | **까먹었다!**<br>kka-meo-geot-tta!<br>ㄍㄚ ㄇㄠ ㄍㄡ ㄉㄚ! |

## ▶ 04 韓國的外來語

mp3-41

手機簡訊

戀愛詩詞

口頭禪

外來語

交通號誌

| 中文 / 英文 | 韓文 / 羅馬拼音 / 請用注音說說看 |
|---|---|
| 超市<br>Supermarket | **슈퍼 마켓**<br>syu-peo-ma-ket<br>ㄒㄧ~ㄨ ㄆㄜ, ㄇㄚ ㄎㄟ~ㄊ |
| 菜單<br>Menu | **메뉴**<br>me-nyu<br>ㄇㄟ ㄋㄧ~ㄨ |
| 飯盒(便當)<br>Meal Box | **변또**<br>byeon-tto<br>ㄆㄧㄛ~ㄣ ㄅㄡ |
| 生魚片<br>Sliced Raw Fish | **사시미**<br>sa-si-mi<br>ㄙㄚ ㄒㄧ ㄇㄧ |
| 蕃茄醬<br>Tomato Ketchup | **토마토 케챱**<br>to-ma-to ke-chyap<br>ㄊㄡ ㄇㄚ ㄊㄡ, ㄎㄟ ㄑㄧㄚ~ㄆ |
| 火腿<br>Ham | **햄**<br>haem<br>ㄏㄟ~ㄇ |
| 番茄<br>Tomato | **토마토**<br>to-ma-to<br>ㄊㄡ ㄇㄚ ㄊㄡ |

| | |
|---|---|
| 芹菜<br>Celery | **셀러리**<br>sel-leo-ri<br>ㄥㄝ˙ㄖ ㄌㄡ ㄖㄧ |
| 蘆筍<br>Asparagus | **아스파라**<br>a-seu-pa-ra<br>ㄚ ㄙ ㄆㄚ ㄖㄚ |
| 木瓜<br>Papaya | **파파이아**<br>pa-pa-i-a<br>ㄆㄚ ㄆㄚ ㄧ ㄧㄚ |
| 鳳梨<br>Pineapple | **파인애플**<br>pa-i-nae-peul<br>ㄆㄚ ㄧ. ㄋㄟ ㄆㄨ˙ㄖ |
| 檸檬<br>Lemon | **레몬**<br>re-mon<br>ㄖㄟ ㄇㄨㄥ |
| 葡萄柚<br>Grapefruit | **그래프후루츠**<br>geu-rae-peu-hu-ru-cheu<br>ㄍ ㄖㄟ ㄆㄨ ㄏㄨ ㄖㄨ ㄘ |
| 香蕉<br>Banana | **바나나**<br>ba-na-na<br>ㄅㄚ ㄋㄚ ㄋㄚ |
| 橙 / 柳丁<br>Orange | **오렌지**<br>o-ren-ji<br>ㄡ ㄖㄝ˙ㄣ ㄐㄧ |

| | |
|---|---|
| 奇異果<br>Kiwifruit | **키우이 후루츠**<br>ki-u-i hu-ru-cheu<br>ㄎㄧㄨㄧ ㄏㄨㄖㄨㄘ |
| 黑胡椒<br>Black Pepper | **블랙페퍼**<br>beul-laek-pe-peo<br>ㄅㄨㄌㄟ ~ㄞ ㄆㄟ ㄆㄡ |
| 果醬<br>Jam | **쨈**<br>jjaem<br>ㄐㄧㄝ ~ㄇ |
| 果凍<br>Jelly | **젤리**<br>jel-li<br>ㄐㄧㄝ ~ㄖ ㄌㄧ |
| 布丁<br>Pudding | **푸딩**<br>pu-ding<br>ㄆㄨ ㄉㄧㄥ |
| 起士<br>Cheese | **치즈**<br>chi-jeu<br>ㄑㄧ ㄗ |
| 慕斯<br>Mousse | **무스**<br>mu-seu<br>ㄇㄨ ㄙ |
| 餅乾<br>Biscuit | **비스켓**<br>bi-seu-ket<br>ㄅㄧ ㄙ ㄎㄝ ~ㄅ |

手機簡訊

戀愛詩詞

口頭禪

外來語

交通號誌

| 蛋糕<br>Cake | 케익<br>ke-ik<br>ㄎㄝㄧ˙ㄎ |
| --- | --- |
| 披薩<br>Pizza | 피자<br>pi-ja<br>ㄆㄧ ㄗㄚ |
| 巧克力<br>Chocolate | 초콜릿<br>cho-kol-lit<br>ㄑㄧㄡ ㄎㄡ ㄌㄧ˙ㄊ |
| 可可亞<br>Cocoa | 코코아<br>ko-ko-a<br>ㄎㄡ ㄎㄡ ㄚ |
| 可樂<br>Cola | 콜라<br>kol-la<br>ㄎㄡ ㄌㄚ |
| 咖啡<br>Coffee | 커피<br>keo-pi<br>ㄎㄛ ㄆㄧ |
| 奶茶<br>Milk Tea | 밀크 티<br>mil-keu ti<br>ㄇㄧ˙ㄖ ㄎ ㄊㄧ |
| 冰淇淋<br>Ice Cream | 아이스크림<br>a-i-seu-keu-rim<br>ㄚ ㄧ ㄙ, ㄎ ㄖㄧ˙ㄇ |

| | |
|---|---|
| 雞尾酒<br>Cocktail | 칵테일<br>kak-te-il<br>ㄎㄚ ˇㄍ, ㄊㄝ ㄧ ˇㄖ |
| 西打類汽水<br>Cider | 사이다<br>sa-i-da<br>ㄙㄚ ㄧ ㄉㄚ |
| 果汁<br>Juice | 쥬스<br>jyu-seu<br>ㄐㄧ ˇㄨ ㄙ |
| 洗髮精<br>Shampoo | 샴푸<br>syam-pu<br>ㄒㄧㄚ ˇㄇ ㄆㄨ |
| 潤絲<br>Rinse | 린스<br>rin-seu<br>ㄖㄧ ˇㄣ ㄙ |
| 毛巾<br>Towel | 타올<br>ta-ol<br>ㄊㄚ ㄡ ˇㄖ |
| 粉狀物<br>Powder | 파우더<br>pa-u-deo<br>ㄆㄚ ㄨ ㄉㄡ |
| 護手霜<br>Hand Cream | 핸드크림<br>haen-deu-keu-rim<br>ㄏㄟ ˇㄣ ㄉ, ㄎ ㄖㄧ ˇㄇ |

| 眼霜<br>Eye Cream | **아이크림**<br>a-i-keu-rim<br>ㄚ ㄧ ˇ ㄎ ㄖ ㄧ ˇ ㄇ |
| --- | --- |
| 酒吧<br>Lounge Bar | **라운지 바**<br>ra-un-ji ba<br>ㄖ ㄚ ㄨ ㄣ ㄐ ㄧ ˇ ㄅ ㄚ |
| 杯子<br>Cup | **컵**<br>keop<br>ㄎ ㄠ ˇ ㄅ |
| 玻璃杯<br>Glass | **글라스**<br>geul-la-seu<br>ㄍ ㄌ ㄚ ˇ ㄙ |
| 湯匙<br>Spoon | **스픈**<br>seu-peun<br>ㄙ ㄆ ㄨ ˇ ㄣ |
| 叉子<br>Fork | **포크**<br>po-keu<br>ㄆ ㄡ ˇ ㄎ |
| 計程車<br>Taxi | **택시**<br>taek-ssi<br>ㄊ ㄟ ˇ ㄎ ㄒ ㄧ |
| 摩托車<br>(機器腳踏車)<br>Motorbike | **오토바이**<br>o-to-ba-i<br>ㄡ ˇ ㄊ ㄡ ˇ ㄅ ㄚ ㄧ |

| 高級出租客車 /<br>機場與旅館間接送<br>客人的小型巴士<br>Limousine | **리무진**<br>ri-mu-jin<br>ㄖㄧˊㄇㄨˊㄐㄧㄣ |
| --- | --- |
| 公共汽車<br>Bus | **버스**<br>beo-seu<br>ㄅㄡㄙㄥ |
| 卡車、貨車<br>Truck | **트럭**<br>teu-reok<br>ㄊㄖㄡ~ㄎ |
| 桌子<br>Table | **테이블**<br>te-i-beul<br>ㄊㄟ ㄧ ㄅㄨ~ㄖ |
| 冷氣<br>Air Conditioner | **에어컨**<br>e-eo-keon<br>ㄝㄜ ㄎㄡ~ㄣ |
| 電視<br>Television | **텔레비전**<br>tel-le-bi-jeon<br>ㄊㄝ ㄌㄟˊ, ㄅㄧ ㄐㄧㄡ~ㄣ |
| 收音機<br>Radio | **라디오**<br>ra-di-o<br>ㄖㄚ ㄅㄧ ㄡ |

手機<br>簡訊

戀愛<br>詩詞

口頭<br>禪

外來<br>語

交通<br>號誌

| 錄影機<br>Video | 비디오<br>bi-di-o<br>ㄅㄧ ㄉㄧ ㄡ |
|---|---|
| 沙發<br>Sofa | 소파<br>so-pa<br>ㄙㄡ ㄆㄚ |
| 原子筆<br>Ball Pen | 볼펜<br>bol-pen<br>ㄆㄡˇㄖ ㄆㄟˇㄣ |
| 鋼筆水<br>Ink | 잉크<br>ing-keu<br>ㄧㄥ ㄎ |
| 膠帶<br>(Adhesive) Tape | 테이프<br>te-i-peu<br>ㄊㄟ ㄧ ㄆㄨ |
| 釘書機<br>Stapler | 스테플러<br>seu-te-peul-leo<br>ㄙ ㄊㄟ, ㄆㄨˇㄦ ㄌㄡ |
| 迴紋針<br>Clip | 클립<br>keul-lip<br>ㄎ ㄌㄧ ˇㄆ |

| | |
|---|---|
| 手機<br>Hand Phone | **핸드폰**<br>haen-deu-pon<br>ㄏㄝ～ㄅㄉ, ㄆㄡ～ㄅ |
| | **휴대폰**<br>hyu-dae-pon<br>ㄏㄧㄡㄉㄟ, ㄆㄡ～ㄅ |
| 筆記型電腦<br>Notebook | **노트북**<br>no-teu-buk<br>ㄋㄡㄊㄅㄨ～ㄅ |
| 電腦<br>Computer | **컴퓨터**<br>keom-pyu-teo<br>ㄎㄜ～ㄇ ㄆㄧㄡ～ ㄨㄊㄡ |
| 滑鼠<br>Mouse | **마우스**<br>ma-u-seu<br>ㄇㄚ ㄨ ㄙ |
| 鍵盤<br>Keyboard | **키보드**<br>ki-bo-deu<br>ㄎㄧ ㄅㄡㄉ |
| USB 記憶體<br>USB Flash Drive<br>(Memory) | **USB 메모리**<br>USB me-mo-ri<br>USB ㄇㄟ ㄇㄡ ㄌㄧ |
| 印表機<br>Printer | **프린터**<br>peu-rin-teo<br>ㄆㄨ ㄌㄧㄣ ㄊㄡ |

手機<br>簡訊<br><br>戀愛<br>詩詞<br><br>口頭<br>禪<br><br>外來<br>語<br><br>交通<br>號誌

| 掃描器<br>Scanner | 스캐너<br>seu-kae-neo<br>ㄙㄎㄟㄋㄠ |
| 電子郵件<br>Email | 이메일<br>i-me-il<br>ㄧㄇㄝㄧˋㄖ |
| 網際網路<br>Internet | 인터넷<br>in-teo-net<br>ㄧㄣㄊㄡㄋㄝˋㄊ |
| 新聞<br>News | 뉴스<br>nyu-seu<br>ㄋㄧˋㄨㄙ |
| 信息/訊息<br>Message | 메시지<br>me-si-ji<br>ㄇㄝㄒㄧㄐㄧ |
| 傳真<br>Fax | 팩스<br>paek-sseu<br>ㄆㄝˋㄎㄙ |
| 電梯<br>Elevator | 엘리베이터<br>el-li-be-i-teo<br>ㄝㄌㄧˊ,ㄅㄟㄊㄡ |
| 手扶梯<br>Escalator | 에스컬레이터<br>e-seu-keol-le-i-teo<br>ㄝㄙ,ㄎㄡㄌㄟㄊㄡ |

| 打火機<br>Lighter | **라이타**<br>ra-i-ta<br>ㄖㄚ ㄧ ㄊㄚ |
| --- | --- |
| 設計<br>Design | **디자인**<br>di-ja-in<br>ㄊㄧ ㄐㄧㄚ ㄧㄣ |
| 服務<br>Service | **서비스**<br>seo-bi-seu<br>ㄙㄡ ㄅㄧ ㄙㄥ |
| 飯店大廳<br>Lobby | **로비**<br>ro-bi<br>ㄖㄡ ㄅㄧ |
| 彈簧<br>Spring | **스프링**<br>seu-peu-ring<br>ㄙ ㄆㄨ ㄖㄧㄥ |
| 淋浴<br>Shower | **샤워**<br>sya-wo<br>ㄒㄧㄚ ㄨㄛ |
| 運動<br>Sport | **스포츠**<br>seu-po-cheu<br>ㄙ ㄆㄡ ㄘ |
| 保齡球<br>Bowling | **볼링**<br>bol-ling<br>ㄅㄡ-ㄦ ㄌㄧㄥ |

手機簡訊 / 戀愛詩詞 / 口頭禪 / 外來語 / 交通號誌

| 高爾夫<br>Golf | 골프<br>gol-peu<br>《ㄡ-ㄖㄆ |
|---|---|
| 羽球<br>Badminton | 배드민턴<br>bae-deu-min-teon<br>ㄆㄟ ㄉ ㄇㄧㄣ ㄊㄠˉㄣ |
| 網球<br>Tennis | 테니스<br>te-ni-seu<br>ㄊㄝ ㄋㄧ ㄙ |
| 慢跑<br>Jogging | 죠깅<br>jyo-ging<br>ㄐㄧㄡ 《ㄧㄥ |
| 滑雪<br>Skiing | 스키<br>seu-ki<br>ㄙ ㄎㄧ |
| 相撲<br>Sumo | 스모<br>seu-mo<br>ㄙ ㄇㄡ |
| 瑜珈<br>Yoga | 요가<br>yo-ga<br>ㄧㄡ 《ㄚ |
| 公寓<br>Apartment | 아파트<br>a-pa-teu<br>ㄚ ㄆㄚ ㄊ |

| | |
|---|---|
| 大廈<br>Building | **빌딩**<br>bil-ding<br>ㄅ一-ㄖ ㄅㄧㄥ |
| 派對<br>Party | **파티**<br>pa-ti<br>ㄆㄚ ㄊㄧ |
| 威士忌<br>Whiskey | **위스키**<br>wi-seu-ki<br>ㄨㄧ ㄙ ㄎㄧ |
| 購物<br>Shopping | **쇼핑**<br>syo-ping<br>ㄒㄧㄡ ㄆㄧㄥ |
| 特賣、減價<br>Sale | **세일**<br>se-il<br>ㄙㄟ 一-ㄖ |
| 尺寸<br>Size | **사이즈**<br>sa-i-jeu<br>ㄙㄚ 一 ㄗ |
| 領帶<br>Necktie | **넥타이**<br>nek-ta-i<br>ㄋㄟ-ㄎ ㄊㄚ 一 |
| 太陽眼鏡<br>Sunglasses | **선그라스**<br>seon-geu-ra-seu<br>ㄙㄨㄥ ㄍㄨ ㄌㄚ ㄙ |

手機簡訊

戀愛詩詞

口頭禪

外來語

交通號誌

| | |
|---|---|
| 涼鞋<br>Slipper | **슬립퍼**<br>seul-lip-peo<br>ㄙ ㄌㄧ ㄆㄛ |
| T恤<br>T-Shirt | **티셔츠**<br>ti-syeo-cheu<br>ㄊㄧ ㄒㄧㄛ ㄘ |
| 毛線衣<br>Sweater | **쉐타**<br>swe-ta<br>ㄙㄨㄟ ㄊㄚ |
| 手提包<br>Handbag | **핸드백**<br>haen-deu-baek<br>ㄏㄝㄣ ㄉ, ㄅㄟ ㄍ |
| 襯衫<br>Shirts | **셔츠**<br>syeo-cheu<br>ㄒㄧㄛ ㄘ |
| 連身裙<br>One-piece | **원피스**<br>won-pi-seu<br>ㄨㄛ ㄣ ㄆㄧ ㄙ |
| 裙子<br>Skirt | **스커트**<br>seu-keo-teu<br>ㄙ ㄎㄡ ㄊ |
| 外套<br>Coat | **코트**<br>ko-teu<br>ㄎㄡ ㄊ |

| 高跟鞋<br>High Heels | **하이힐**<br>ha-i-hil<br>ㄏㄚ一、ㄏ一﹏ㄖ |
| 胸罩<br>Brassiere | **브래지어**<br>beu-rae-ji-eo<br>ㄅ ㄖㄝˋ、ㄐ一﹏ㄛ |
| 內褲<br>Panties | **팬티**<br>paen-ti<br>ㄆㄟ﹏ㄅ ㄊ一 |
| 首飾、裝飾品<br>Accessories | **악세사리**<br>ak-sse-sa-ri<br>ㄚ﹏ㄍ ㄙㄝ、ㄙㄚ ㄖ一 |
| 地毯<br>Carpet | **카펫트**<br>ka-pet-teu<br>ㄎㄚ ㄆㄟˋ ㄊ |
| 連續劇<br>Drama | **드라마**<br>deu-ra-ma<br>ㄅ ㄖㄚ ㄇㄚ |
| 節目<br>Program | **프로그램**<br>peu-ro-geu-raem<br>ㄆ ㄖㄡ、ㄍ ㄖㄝ﹏ㄇ |
| 流行音樂<br>Pop Songs | **팝송**<br>pap-ssong<br>ㄆㄚ﹏ㄅ ㄙㄨㄥ |

手機簡訊

戀愛詩詞

口頭禪

外來語

交通號誌

| | |
|---|---|
| 卡片<br>Cards | **카드**<br>ka-deu<br>ㄎㄚ ㄉ |
| 原子筆<br>Ball Pen<br>(Ball-point pen) | **볼펜**<br>bol-pen<br>ㄆㄡ~ㄇ ㄆㄝ~ㄣ |
| 簽名<br>Sign | **사인**<br>sa-in<br>ㄙㄚ ㄧㄣ |
| 頁<br>Page | **페이지**<br>pe-i-ji<br>ㄆㄟ ㄐㄧ |
| 旅館、飯店<br>Hotel | **호텔**<br>ho-tel<br>ㄏㄡ ㄊㄝ~ㄖ |
| 減肥<br>Diet | **다이어트**<br>da-i-eo-teu<br>ㄉㄚ ㄧ ㄜ ㄊ |
| 約會<br>Date | **데이트**<br>de-i-teu<br>ㄉㄟ ㄊ |
| 鋼琴<br>Piano | **피아노**<br>pi-a-no<br>ㄆㄧ ㄚ ㄋㄡ |

| 採訪、面談<br>Interview | **인터뷰**<br>in-teo-byu<br>ㄧㄣ ㄊㄡ ㄅㄧˋㄨ |
| --- | --- |
| 經理<br>Manager | **매니저**<br>mae-ni-jeo<br>ㄇㄟˋ ㄋㄧ ㄐㄧㄡ |
| 播音員<br>Announcer | **아나운서**<br>a-na-un-seo<br>ㄚ ㄋㄚ ㄨㄣㄙㄡ |
| 工程師<br>Engineer | **엔지니어**<br>en-ji-ni-eo<br>ㄟㄣ ㄐㄧ、ㄋㄧㄛ |
| 助理<br>Assistant | **어시스턴스**<br>eo-si-seu-teon-seu<br>ㄛ ㄒㄧㄙ、ㄊㄡㄣㄙ |
| 導遊<br>(Tour) Guide | **가이더**<br>ga-i-deo<br>ㄎㄚ ㄧ ㄅㄡ |
| 維他命<br>Vitamins | **비타민**<br>bi-ta-min<br>ㄆㄧ ㄊㄚ ㄇㄧㄣ |
| 三溫暖<br>Sauna | **사우나**<br>sa-u-na<br>ㄙㄚ ㄨ ㄋㄚ |

手機簡訊

戀愛詩詞

口頭禪

外來語

交通號誌

| 登機證<br>Boarding Pass | 보딩패스<br>bo-ding-pae-seu<br>ㄆㄡ ㄉ一ㄥ, ㄆㄟㄙ |
|---|---|
| 登機櫃檯<br>Check-In Counter | 체크인 카운타<br>che-keu-in ka-un-ta<br>ㄑ一ㄝ ㄎ一ㄣ, ㄎㄚ ㄨㄣ ㄊㄚ |
| 鑰匙<br>Key | 키<br>ki<br>ㄎ一 |
| 餐巾紙<br>Napkin | 내프킨<br>nae-peu-kin<br>ㄋㄟ ㄆ ㄎ一ㄣ |
| 面紙<br>Tissue | 티슈<br>ti-syu<br>ㄊ一 ㄒ一ㄨ |
| 門鈴<br>Bell | 벨<br>bel<br>ㄆㄟㄖ |
| 地板<br>Floor | 후로아<br>hu-ro-a<br>ㄏㄨ ㄖㄡ ㄚ |
| 餐廳<br>Dining Room | 다이닝룸<br>da-i-ning-num<br>ㄉㄚ 一 ㄋ一ㄥ, ㄖㄨㄇ |

| | |
|---|---|
| 海報<br>Poster | **포스터**<br>po-seu-teo<br>ㄆㄡㄥ ㄊㄜ |
| 亞洲<br>Asia | **아시아**<br>a-si-a<br>ㄚ ㄒ一 ㄚ |
| 台灣<br>Taiwan | **타이완**<br>ta-i-wan<br>ㄊㄚ 一 ㄨㄢ |
| 歐洲<br>Europe | **유럽**<br>yu-reop<br>一ㄡ ㄖ ㄡ-ㄅ |
| 非洲<br>Africa | **아프리카**<br>a-peu-ri-ka<br>ㄚ ㄆ ㄖ一 ㄎㄚ |

# ▶ 05 韓國的交通號誌

| 中文 / 英文 | 韓文 / 羅馬拼音 / 請用注音說說看 |
|---|---|
| 警告標誌<br>Warning Sign | **주의표지**<br>ju-ui-pyo-ji<br>ㄐㄧㄡ ㄧ，ㄆㄧㄡ ㄐㄧ |
| <br>十字路口<br>Cross Road / Forked Road | **십자 (+) 형 교차로**<br>sip-jja-hyeong gyo-cha-ro<br>ㄒㄧ~ㄅ ㄐㄧㄚ，ㄏㄧㄡ~ㄥ，<br>ㄍㄧㄡ ㄑㄧㄚ ㄖㄡ |
| <br>迴轉道<br>Circular Intersection / Turnaround | **회전형 교차로**<br>hoe-jeon-hyeong gyo-cha-ro<br>ㄏㄨㄟ ㄐㄧㄠ ㄋㄧㄥ，<br>ㄍㄧㄡ ㄑㄧㄚ ㄖㄡ |
| <br>近鐵路平交道<br>Railroad Cross | **철길 건널목**<br>cheol-gil geon-neol-mok<br>ㄑㄧㄡ~ㄖ ㄎㄧ~ㄖ，<br>ㄎㄡ~ㄣ ㄋㄡ~ㄖ ㄇㄡ~ㄎ |

右彎道
Right Curve

우로 굽은 도로
u-ro gu-beun do-ro

ㄨ ㄖㄡ, ㄎㄨ ㄅㄣ, ㄊㄡ ㄖㄡ

左彎道
Left Curve

좌로 굽은 도로
jwa-ro gu-beun do-ro

ㄑㄧ～ㄨㄚ, ㄖㄡ,
ㄎㄨ ㄅㄣ, ㄊㄡ ㄖㄡ

左右重複彎路
Successive Winding Road

우좌로 이중 굽은 도로
u-jwa-ro i-jung gu-beun do-ro

ㄨ, ㄑㄧ～ㄨㄚ ㄖㄡ, ㄧ ㄐㄩㄥ
ㄎㄨ ㄅㄣ, ㄊㄡ ㄖㄡ

險升坡
Steep Uphill

오르막 경사
o-reu-mak gyeong-sa

ㄡ ㄖㄇㄚ～ㄎ, ㄎㄩㄥ ㄙㄚ

手機簡訊
戀愛詩詞
口頭禪
外來語
交通號誌

險降坡
Steep Downhill

**내리막 경사**
nae-ri-mak gyeong-sa
ㄋㄝ ㄖㄧ ㄇㄚ ~ㄎ, ㄎㄩㄥ ㄙㄚ

---

道路縮減
Narrow Road

**도로폭이 좁아짐**
do-ro-po-gi jo-ba-jim
ㄊㄡ ㄖㄡ, ㄆㄡ ㄍㄧ,
ㄑㄧ ㄡ ㄅㄚ, ㄐㄧ ~ㄇ

---

注意號誌
Traffic Signal Ahead

**신 호 기**
sin ho gi
ㄒㄧㄣ ㄏㄡ ㄍㄧ

---

路滑
Slippery When Wet

**미끄러운 도로**
mi-kkeu-reo-un do-ro
ㄇㄧ ㄍ ㄖㄛ ㄨㄣ, ㄊㄡ ㄖㄡ

注意落石
Watch for Falling Rocks

낙석 도로
nak-sseok do-ro
ㄋㄚ~ㄍ ㄙㄡ~ㄍ, ㄊㄡ ㄖㄡ

注意行人
Watch for Pedestrian Crossing

횡단 보도
hoeng-dan bo-do
ㄏㄨㄟ~ㄥ ㄊㄢ, ㄆㄡ ㄅㄡ

注意兒童
Watch for Children

어린이 보호
eo-ri-ni bo-ho
ㄡ ㄖㄧ ㄋㄧ, ㄆㄡ ㄏㄡ

注意自行車
Watch for Bicycles

자전거
ja jeon geo
ㄑㄧㄚ ㄑㄧㄡ~ㄣ ㄍㄡ

手機簡訊
戀愛詩詞
口頭禪
外來語
交通號誌

| | |
|---|---|
| <br>注意施工<br>Road Construction | **도로 공사중**<br>do-ro gong-sa-jung<br>ㄊㄡ ㄖㄡ, ㄍㄨㄥ ㄙㄚ ㄓㄨㄥ |
| <br>注意強風<br>Caution- Strong Wind | **횡 풍**<br>hoeng pung<br>ㄏㄨㄟˋㄥ ㄆㄨˋㄥ |
| <br>隧道<br>Tunnel | **터 널**<br>teo neol<br>ㄊㄡ ㄋㄡˋㄖ |
| <br>危險<br>Danger | **위 험**<br>wi heom<br>ㄩ ㄏㄡˋㄇ |

| | |
|---|---|
| 禁止標誌<br>Stop Sign | **규제 표시**<br>gyu-je pyo-si<br>ㄎㄧ～ㄨ ㄐㄧㄝ, ㄆㄧㄠ ㄒㄧ |
| <br>禁止通行<br>No Pedestrians | **통행 금지**<br>tong-haeng geum-ji<br>ㄊㄨㄥ ㄏㄟ～ㄥ, ㄎㄇㄨ ㄐㄧ |
| <br>禁止汽車進入<br>No Any Cars | **자동차 통행 금지**<br>ja-dong-cha tong-haeng geum-ji<br>ㄐㄧㄚ ㄉㄨㄥ ㄑㄧㄚ,<br>ㄊㄨㄥ ㄏㄟ～ㄥ, ㄎㄇㄨ ㄐㄧ |
| <br>禁止進入<br>No Entry | **진입 금지**<br>ji-nip geum-ji<br>ㄑㄧㄣ ㄋㄧ～ㄆ,<br>ㄎㄇㄨ ㄐㄧ |

手機簡訊

戀愛詩詞

口頭禪

外來語

交通號誌

| 　禁止右轉　No Right Turn | **우회전 금지**　u-hoe-jeon geum-ji　ㄨ ㄏㄨㄟ ㄐㄧㄡㄣ，ㄎㄇㄨ ㄐㄧ |
| 　禁止左轉　No Left Turn | **좌회전 금지**　jwa-hoe-jeon geum-ji　ㄑㄧ ㄨㄚ，ㄏㄨㄟ ㄑㄧㄡㄣ，ㄎㄇㄨ ㄐㄧ |
| 　禁止迴車　No U Turn | **유턴 금지**　yu teon geum ji　ㄧ ㄨ ㄊㄡㄣ，ㄎㄇㄨ ㄐㄧ |
| 　最高速限　Maximum Speed Limit | **최고 속도 제한**　choe-go sok-tto je-han　ㄑㄩㄝ ㄍㄡ，ㄙㄨ ㄍㄎㄡ，ㄐㄧㄝ ㄏㄢ |

最低速限
Minimum Speed Limit

최저 속도 제한
choe-jeo sok-tto je-han
ㄑㄩㄝ ㄐㄧㄡ, ㄙㄡ-ㄍ ㄉㄡ,
ㄐㄧㄝ ㄏㄢ

慢行
Slow

서행
seo-haeng
ㄙㄡ ㄏㄟ-ㄥ

暫停
Stop

일 시 정 지
il si jeong ji
ㄧ-ㄦ ㄒㄧ, ㄐㄩㄥ ㄐㄧ

禁止行人通行
No Pedestrian Crossing

보행자 보행금지
bo-haeng-ja bo-haeng-geum-ji
ㄆㄡ ㄏㄟ-ㄥ ㄐㄧㄚ,
ㄆㄡ ㄏㄟ-ㄥ, ㄎㄇㄨ ㄐㄧ

手機
簡訊

戀愛
詩詞

口頭
禪

外來
語

交通
號誌

| | |
|---|---|
| 指示標誌<br>Guide Signs | **지시 표지**<br>ji-si pyo-ji<br>ㄐㄧ ㄒㄧ, ㄆㄧㄠ ㄐㄧ |
| <br>汽車專用道<br>Only Cars | **자동차 전용도로**<br>ja-dong-cha jeo-nyong-do-ro<br>ㄑㄧㄚ ㄉㄨㄥ ㄑㄧㄚ,<br>ㄑㄧㄠ ㄋㄧㄡ~ㄥ, ㄊㄡ ㄖㄡ |
| <br>迴轉交叉路<br>Follow Direction in Turnaround | **회전 교차로**<br>hoe-jeon gyo-cha-ro<br>ㄏㄨ~ㄝ ㄐㄧㄡ~ㄣ,<br>ㄎㄧㄡ ㄑㄧㄚ ㄖㄡ |
| <br>右轉繞道<br>Bypass Routing | **우 회 로**<br>u hoe ro<br>ㄨ ㄏㄨ~ㄝ ㄖㄡ |

停車場
Parking Lot

주 차 장
ju cha jang
ㄐㄧㄡ ㄑㄧㄚ ㄐㄧㄤ

自行車用停車場
Bicycle Parking

자전거 주차장
ja-jeon-geo ju-cha-jang
ㄑㄧㄚ ㄐㄩㄥ ㄍㄡ,
ㄐㄧㄡ ㄑㄧㄚ ㄐㄧㄤ

行人穿越道
Cross Walks

횡단 보도
hoeng-dan bo-do
ㄏㄨㄟ-ㄥ ㄅㄢ,
ㄅㄡ ㄅㄡ

單行道
One Way

일 방 통 행
il bang tong haeng
ㄧㄖ ㄅㄤ, ㄊㄨㄥ ㄏㄟ-ㄥ

手機簡訊
戀愛詩詞
口頭禪
外來語
交通號誌

公車專用道
Exclusive Bus Lane

버스 전용차로
beo-seu jeo-nyong-cha-ro
ㄅㄡㄙ, ㄑㄧㄜ ㄋㄧㄩㄥ,
ㄑㄧㄚㄇㄡ

路面狀態
Road Conditions

노면 상태
no myeon sang tae
ㄋㄡㄇㄧㄜ~ㄣ, ㄙㄤ ㄊㄝ

拖吊區
Tow-Away Zone

견 인 지 역
gyeon in ji yeok
ㄎㄧㄜ ㄋㄧㄣ, ㄑㄧ ㄧㄜ~ㄎ

# 旅遊會話

# ❶ 找行李

## ▶ 抵達韓國後，尋找行李

| 中文 / 英文 | 韓文 / 羅馬拼音 / 請用注音說說看 |
|---|---|
| 對不起。<br>Excuse me… | **죄송합니다 .**<br>joe-song-ham-ni-da.<br>ㄑㄩㄝ ㄙㄨㄥˋ ㄏㄚ-ㄇ ㄋㄧ-ㄅㄚ. |
| 我…找不到我的<br>行李。<br>I couldn't find my<br>luggage. | **저… 짐이 보이지 않는데요 .**<br>jeo... ji-mi bo-i-ji an-neun-de-yo.<br>ㄑㄧㄡ… ㄐㄧ-ㄇㄧ, ㄆㄡㄧ-ㄐㄧ, ㄢ ㄋㄣ ㄊㄟ-ㄧㄡ. |
| | **제 트렁크가 보이지 않아요 .**<br>je teu-reong-keu-ga bo-i-ji a-na-yo.<br>ㄑㄧㄝ, ㄊ ㄖㄨㄥ ㄎ ㄍㄚ, ㄆㄡㄧ-ㄐㄧ, ㄚ ㄋㄚ-ㄧㄡ. |

## 機場人員：

| | |
|---|---|
| 你的行李是什麼樣子的呢？<br>What does your luggage look like? | **어떻게 생긴 짐이죠?**<br>eo-tteo-ke saeng-gin ji-mi-jyo?<br>ㄡㄉㄡㄎㄟ, ㄙㄟ-ㄥ ㄍㄧㄣ, ㄑㄧㄇㄧ ㄐㄧㄡ? |
| | **어떻게 생긴 트렁크죠?**<br>eo-tteo-ke saeng-gin teu-reong-keu-jyo?<br>ㄡㄉㄡㄎㄟ, ㄙㄟ-ㄥ ㄍㄧㄣ, ㄊㄜ ㄖㄨㄥ ㄎ ㄐㄧㄡ? |

## 旅客：

| | |
|---|---|
| 是藍色的行李。<br>It's blue in color. | **남색 트렁크예요.**<br>nam-saek teu-reong-keu-ye-yo.<br>ㄋㄚ ㄇㄨ ㄙㄟ-ㄎ, ㄊㄜ ㄖㄨㄥ ㄎ, ㄧㄝ ㄧㄡ. |
| 是紅色的行李。<br>It's red in color. | **빨강색 트렁크예요.**<br>ppal-kkang-saek teu-reong-keu-ye-yo.<br>ㄅㄚ-ㄖ ㄎㄤ, ㄙㄟ-ㄎ, ㄊㄜ ㄖㄨㄥ ㄎ, ㄧㄝ ㄧㄡ. |
| 是黑色的行李。<br>It's black in color. | **검은색 트렁크예요.**<br>geo-meun-saek teu-reong-keu-ye-yo.<br>ㄎㄛ ㄇㄣ ㄙㄟ-ㄎ, ㄊㄜ ㄖㄨㄥ ㄎ, ㄧㄝ ㄧㄡ. |
| 上面綁著蝴蝶結。<br>My luggage has a bow knot tied around the handle. | **위에 리본이 달려 있어요.**<br>wi-e ri-bo-ni dal-lyeo i-sseo-yo.<br>ㄩㄝ, ㄖㄧ ㄅㄡ ㄋㄧ, ㄊㄚ-ㄖ ㄧㄠ, ㄧ ㄙㄡ ㄧㄡ. |

找行李<br>找客運站<br>在飯店<br>換錢<br>韓式隱賓<br>隱形眼鏡<br>遺失物品<br>藥局<br>景點拍照<br>回國

## 機場人員：

| 你是搭哪一個班機過來的？<br>Which airline did you fly on? | 무슨 비행기 타고 오셨어요?<br>mu-seun bi-haeng-gi ta-go o-syeo-sseo-yo?<br>ㄇㄨ ㄙㄣ，ㄆㄧˊ ㄏㄟ-ㄥ ㄍㄧ，ㄊㄚ ㄍㄡ，<br>ㄡ ㄒㄧㄠˋ ㄙㄡ-ㄡ？ |
|---|---|

## 旅客：

| 我搭長榮航空從台北過來。<br>I flew on EVA Air from Taipei. | 에버항공타고 타이페이에서 왔습니다．<br>e-beo-hang-gong-ta-go ta-i-pe-i-e-seo wa-sseum-ni-da.<br>ㄟ ㄅㄚ，ㄏㄤ ㄍㄨㄥ，ㄊㄚ ㄍㄡ，ㄊㄚ ㄧ ㄆㄟ ㄧ，<br>ㄟ ㄙㄡ，ㄨㄚ ㄙㄥˋ-ㄇ，ㄋㄧ-ㄉㄚ． |
|---|---|
| 我搭大韓航空從高雄過來。<br>I flew on Korean Air from Kaohsiung. | 대한항공타고 카오송에서 왔습니다．<br>dae-han-hang-gong-ta-go ka-o-syong-e-seo wa-sseum-ni-da.<br>ㄊㄟ ㄏㄢˊ，ㄏㄤ ㄍㄨㄥ，ㄊㄚ ㄍㄡ，ㄎㄠ-ㄡ ㄒㄩㄥ，<br>ㄟ ㄙㄡ，ㄨㄚ ㄙㄥˋ-ㄇ，ㄋㄧ-ㄉㄚ． |
| 我搭中華航空從台灣過來。<br>I flew on China Airlines from Taiwan. | 중화항공타고 타이완에서 왔습니다．<br>jung-hwa-hang-gong-ta-go ta-i-wa-ne-seo wa-sseum-ni-da.<br>ㄐㄧㄨ-ㄥ ㄏㄨㄚˊ，ㄏㄤ ㄍㄨㄥ，ㄊㄚ ㄍㄡ，<br>ㄊㄞ ㄨㄢ，ㄟ ㄙㄡ，ㄨㄚ ㄙㄥˋ-ㄇ，ㄋㄧ-ㄉㄚ． |

## 機場人員：

| | |
|---|---|
| 您的班機是？<br>What's your flight no.? | **항공편이 어떻게 돼죠?**<br>hang-gong-pyeo-ni eo-tteo-ke dwae-jyo?<br>ㄏㄤ ㄍㄨㄥ ㄆㄧㄠ ㄋㄧ－, ㄡ ㄉㄛ ㄎㄟ,<br>ㄊㄨㄟ ㄐㄧㄡ？ |

## 旅客：

| | |
|---|---|
| 是 BR323。<br>BR323 | **네 . BR323 입니다 .**<br>ne. BR sam-i-sam im-ni-da.<br>ㄋㄟ. BR ㄙㄚ ㄇ ㄙㄚ－ㄇ ，ㄧ－ㄇ ㄋ－ㄉㄚ. |

## 機場人員：

| | |
|---|---|
| 待我們查詢之後，<br>再向您聯絡。<br>We'll check it and let you know. | **저희가 알아본 다음에<br>연락드리겠읍니다 .**<br>jeo-hi-ga a-ra-bon da-eu-me yeol-lak-tteu-ri-ge-sseum-ni-da.<br>ㄑㄧㄡ ㄏㄧ－ㄍㄚ, ㄚ ㄖㄚ ㄅㄨ－ㄣ, ㄊㄚ ㄨ ㄇㄟ,<br>ㄧㄠ－ㄣ ㄌㄚ－ㄎ, ㄊ ㄖ－ㄎㄟ, ㄙ－ㄇ ㄋ－ㄉㄚ. |
| 您的連絡電話是？<br>May I have your contact information? | **연락전화번호가 어떻게 돼죠?**<br>yeol-lak-jjeon-hwa-beon-ho-ga eo-tteo-ke dwae-jyo?<br>ㄧㄠ－ㄣ ㄌㄚ－ㄎ, ㄑㄧㄠ ㄋㄨㄚ, ㄆㄛ ㄋㄨ ㄍㄚ,ㄜ ㄅ<br>ㄛ ㄎㄟ, ㄊㄨㄟ ㄐㄧㄡ？ |

找行李<br>找客運站<br>在飯店<br>換錢<br>韓式簡餐<br>隱形眼鏡<br>遺失物品<br>藥局<br>景點拍照<br>回國

# 旅客：

| | |
|---|---|
| 是，我今天晚上住帝王飯店。<br>Yes, I will be staying at the Regal Hotel tonight. | 네 . 오늘 밤에 제왕호텔에 묶을 것입니다 .<br>ne. o-neul ppa-me je-wang-ho-te-re mu-kkeul kkeo-sim-ni-da.<br>ㄋㄟ. ㄡ ㄋ-ㄇ ㄆㄚˋ ㄇㄟˋ ㄑ-ㄝ ㄨㄤ ㄏㄡ ㄊㄟ ㄇㄟˊ ㄇㄨ ㄍ-ㄇ. ㄍㄡ ㄒ-ㄇ. ㄋ-ㄅㄚ. |
| 我叫王明錫。<br>My name is Wang, Ming-Xi. | 제이름은 왕명석이라고 합니다 .<br>je-i-reu-meun wang-myeong-seo-gi-ra-go ham-ni-da.<br>ㄑ-ㄝ.ㄧ ㄖ ㄇㄣ. ㄨㄤ ㄇ-ㄛ-ㄥ ㄙㄡ. ㄍㄧ ㄖㄚ ㄍㄡ. ㄏㄚ-ㄇ ㄋ-ㄅㄚ. |
| 手機號碼是0918-456789。<br>My mobile(cell) phone no. is 0918-456789. | 휴대폰은 0918-456789 입니다 .<br>hyu-dae-po-neun gong-gu-il-pal-ssa-o-ryuk-chil-pal-ku im-ni-da.<br>ㄏ-ㄨ ㄉㄟ ㄆㄡ ㄋㄣ. ㄎㄨㄥ ㄎㄨ. ㄧ-ㄇ ㄆㄚ-ㄇ. ㄙㄚ ㄡ ㄖ-ㄨ-ㄎ. ㄑ-ㄇ. ㄆㄚ-ㄇ. ㄎㄨ. ㄧ-ㄇ ㄋ-ㄅㄚ. |

# 機場人員：

| | |
|---|---|
| 好，知道了。<br>Ok, I see. | 네 . 알겠읍니다 .<br>ne. al-kke-sseum-ni-da.<br>ㄋㄟ. ㄚ-ㄇ ㄍㄟˋ. ㄙㄣ-ㄇ. ㄋ-ㄅㄚ. |
| 我們查詢後，再跟你連絡。<br>We'll contact you soon. | 알아봐서 연락드리겠읍니다 .<br>a-ra-bwa-seo yeol-lak-tteu-ri-ge-sseum-ni-da.<br>ㄚ ㄖㄚˋ ㄆㄨㄚ ㄙㄡ. ㄧㄝ ㄅ ㄌㄚ ˋㄉ. ㄊ ㄖ-. ㄎㄟ ㄙˋㄇ ㄋ-ㄅㄚ. |

# ❷ 出境後，尋找客運站時

## 旅客：

| | |
|---|---|
| 請問公車站<br>在哪裏？<br>Can you tell me<br>where the bus station<br>(bus terminal) is? | 버스터미널이 어디죠？<br>beo-seu-teo-mi-neo-ri eo-di-jyo?<br>ㄅㄨㄙ, ㄊㄡㄇㄧㄋㄚㄇㄧ, ㄜㄅㄧㄐㄧㄡ? |
| 請問公車售票處<br>在哪裏？<br>Where can I find the<br>ticket counter? | 버스티켓 판매소가 어디죠？<br>beo-seu-ti-ket pan-mae-so-ga eo-di-jyo?<br>ㄅㄨㄙ, ㄊㄧㄎㄟ～ㄊ, ㄆㄢㄇㄟㄙㄡㄍㄚ,<br>ㄜㄅㄧㄐㄧㄡ? |

## 服務人員：

| | |
|---|---|
| 你要去哪裡？<br>Where are you<br>headed? /<br>Where are you off to? | 어디 가세요？<br>eo-di ga-se-yo?<br>ㄡㄅㄧ, ㄎㄚㄙㄟㄧㄡ? |
| 你要去搭往哪裡<br>的公車？<br>What is your<br>destination? | 어디로 가는 버스 타세요？<br>eo-di-ro ga-neun beo-seu ta-se-yo?<br>ㄡㄅㄧㄖㄡ, ㄎㄚㄋㄣ, ㄅㄨㄙ, ㄊㄚㄙㄟㄧㄡ? |

## 旅客：

| 我要搭往首爾的<br>公車。<br>I want to go to Seoul<br>by airport bus. | 서울에 가는 버스요 .<br>seo-u-re ga-neun beo-seu-yo.<br>ㄙㅗㄨ ㄖㄟˋ ，ㄎㄚ ㄋㄣ ，ㄅㅗㄨ ㄙㅡ ㄧㄛˋ . |
| --- | --- |
| 公車票價是多少？<br>How much does it<br>cost? | 버스요금이 얼마죠 ?<br>beo-seu-yo-geu-mi eol-ma-jyo?<br>ㄅㅗㄨ ㄙㄴ ，ㄧㄛ ㄍ ㄇㄧ ，ㄜˋ ㄖ ㄇㄚ ㄐㄧㄛˋ ? |

## 服務人員：

| 是 14000 韓元。<br>KRW14,000.<br>(14,000 Won) | 네 . 만사천 (14,000) 원입니다 .<br>ne. man-sa-cheon wo-nim-ni-da.<br>ㄋㄟ ， ㄇㄢ ㄙㄚ ㄑㄧㄠ ㄋㄨㄛˋ ㄋㄣ ， ㄧ ㄇ ㄋ ㄧ ㄅㄚˋ . |
| --- | --- |

## 旅客：

| 請給我兩張。<br>Two tickets, please. | 두장 주세요 .<br>du-jang ju-se-yo.<br>ㄊㄨ ㄐㄧㄤ ，ㄑㄧ ㄨ ㄙ ㄟ ㄧㄛˋ . |
| --- | --- |

## 服務人員：

| 好的，在這裡。<br>Here you are. | 네 . 여기있읍니다 .<br>ne. yeo-gi-i-sseum-ni-da.<br>ㄋㄟ ， ㄧㄛˋ ㄍㄧ ，ㄧ ㄙ ㄇ ，ㄋ ㄧ ㄅㄚˋ . |
| --- | --- |

| 請在 8 號客運站搭車。<br>You can take the bus at Bus Station (Bus Terminal) No. 8. | 8번 터미널에서 타세요.<br>pal-beon teo-mi-neo-re-seo ta-se-yo.<br>ㄆㄚ-ㄇ ㄅㄜ-ㄣ, ㄊㄡㄇㄧ-, ㄋㄚ ㄇㄟ ㄙㄡ, ㄊㄚ ㄙㄟ-ㄧㄡ. |
|---|---|

旅客：

| 請問 8 號客運站在哪裏？<br>Where can I find it? | 8번 터미널이 어디죠?<br>pal-beon teo-mi-neo-ri eo-di-jyo?<br>ㄆㄚ-ㄇ ㄅㄜ-ㄣ, ㄊㄡㄇㄧ ㄋㄚ ㄇㄧ-, ㄜ ㄅㄧ ㄐㄧㄡ? |
|---|---|

服務人員：

| 是，您出去外面的話，就看到號碼牌。<br>You may look for the station (terminal) number outside the building. | 네. 밖으로 나가시면, 번호가 보입니다.<br>ne. ba-kkeu-ro na-ga-si-myeon, beon-ho-ga bo-im-ni-da.<br>ㄋㄟ. ㄆㄚ ㄍ ㄖㄡ, ㄋㄚ ㄍㄚ ㄒㄧ ㄇㄧㄠ-ㄣ, ㄆㄛ ㄋㄡ ㄍㄚ, ㄆㄡ ㄧ-ㄇ, ㄋㄧ-ㄅㄚ. |
|---|---|
| 就在那裡排隊搭車就可以了。<br>Just get in line and wait for the bus. | 그곳에 줄서 타시면 되요.<br>geu-go-se jul-seo ta-si-myeon doe-yo.<br>ㄎ ㄍㄡㄙㄟ ㄇㄡ, ㄑㄧㄨ-ㄖ ㄇㄡ, ㄊㄚ ㄒㄧ ㄇㄧㄠ-ㄣ, ㄊㄨㄟ-ㄧㄡ. |

找行李

找客運站

在飯店

換錢

韓式簡餐

隱形眼鏡

遺失物品

藥局

景點拍照

回國

# 旅客：

| | |
|---|---|
| 好的，謝謝你。<br>Ok, thank you. | 네 . 감사합니다 .<br>ne. gam-sa-ham-ni-da.<br>ㄋㄟ. ㄎㄚ-ㄇ ㄙㄚ. ㄏㄚ-ㄇ ㄋㄧ-ㄉㄚ. |

# 其它例句：

| | |
|---|---|
| 我要搭往首爾的<br>計程車。<br>I want to take a taxi<br>to Seoul. | 서울에 가는 택시를 타려고<br>합니다 .<br>seo-u-re ga-neun taek-ssi-reul ta-ryeo-go<br>ham-ni-da.<br>ㄙㄜ ㄨ ㄖㄟ. ㄎㄚ ㄋㄣ. ㄊㄟ-ㄎ ㄒㄧ ㄖ-ㄖ.<br>ㄊㄚ ㄖㄧㄠ ㄍㄡ. ㄏㄚ-ㄇ ㄋㄧ-ㄉㄚ. |
| 我要搭往江南的<br>捷運。<br>I want to go to<br>Gangnam by the<br>subway (rapid transit). | 강남에 가는 지하철을 타려고<br>합니다 .<br>gang-na-me ga-neun ji-ha-cheo-reul<br>ta-ryeo-go ham-ni-da.<br>ㄎㄤ ㄋㄚ ㄇㄟ. ㄎㄚ ㄋㄣ. ㄑㄧ ㄏㄚ ㄑㄜ ㄖ-ㄖ.<br>ㄊㄚ ㄖㄧㄠ ㄍㄡ. ㄏㄚ-ㄇ ㄋㄧ-ㄉㄚ. |

# ❸ 在飯店

 mp3-45

## 櫃檯人員：

| 歡迎光臨。<br>Welcome. | 어서오세요.<br>eo-seo-o-se-yo.<br>ㄛ ㄙㄡ ㄡ ㄙㄟ 一ㄡ. |
|---|---|
| 請問有訂房嗎？<br>Do you have a reservation? | 예약하셨어요？<br>ye-ya-ka-syeo-sseo-yo?<br>一ㄝ 一ㄚ, ㄎㄚ 一ㄠ, ㄙㄡㄡ? |

## 旅客：

| 沒有。<br>No. | 아니요.<br>a-ni-yo.<br>ㄚ ㄋ一一ㄡ. |
|---|---|
| 請問有房間嗎？<br>Do you have any room available? | 방있나요？<br>bang-in-na-yo?<br>ㄆㄤ, 一ㄣ ㄋㄚ 一ㄡ? |
| | 객실 있나요？<br>gaek-ssil in-na-yo?<br>ㄎㄝ~ㄎ, ㄒ一~ㄖ, 一ㄣ ㄋㄚ 一ㄡ? |

| 我想要訂房間。<br>I would like to book a room. | 예약하고 싶은데요 .<br>ye-ya-ka-go si-peun-de-yo.<br>ㄧㄝ－ㄚˋ，ㄎㄚ《ㄡ，ㄒㄧ－ㄆㄣ，ㄉㄟ－ㄡ。 |

## 櫃檯人員：

| 有，要怎樣的房間呢？<br>Sure, what kind of room do you like? | 네 . 있어요 . 어떤방을 원하세요 ?<br>ne. i-sseo-yo. eo-tteon-bang-eul<br>won-ha-se-yo?<br>ㄋㄟˋ，ㄧ－ㄙㄜ－ㄡ。<br>ㄡㄉㄡ－ㄣ，ㄆㄚ兒－日，ㄨㄛ ㄋㄚ ㄙㄟ－ㄡ。 |

## 旅客：

| 我要三個人住的房間。<br>I would like a room for three persons. | 세사람이 함께자는 방을 원해요 .<br>se-sa-ra-mi ham-kke-ja-neun bang-eul won-<br>hae-yo.<br>ㄙㄟ ㄙㄚ 日ㄚ ㄇㄧ－，ㄏㄚ－ㄇ《ㄟˋ，ㄑㄧ－ㄚ ㄋㄣ ㄆㄤ<br>ㄨ－日，ㄨㄛ ㄋㄟ－ㄡ。 |

## 櫃檯人員：

| 兩張大床的可以嗎？<br>Is a room with a large double bed ok? | 더블베드 두개짜리면 되나요 ?<br>deo-beul-ppe-deu du-gae-jja-ri-myeon<br>doe-na-yo?<br>ㄊㄡㄅ－日 ㄅㄟˋ ㄉ，ㄊㄨ《ㄟˋ ㄐㄧ－ㄚ 日ㄧˊ，ㄇㄧㄠ－ㄣ<br>，ㄊㄨㄟ ㄋㄚ－ㄡ? |

## 旅客：

| 可以，請問價格是多少呢？<br>Sounds great. How much does it cost? | 돼요 . 가격은 얼마죠?<br>dwae-yo. ga-gyeo-geun eol-ma-jyo?<br>ㄊㄨㄟ ㄧㄡ. ㄎㄚ ㄍㄧㄡ ㄍㄣ. ㄡ ㄖ. ㄇㄚ ㄐㄧㄡ? |
| --- | --- |

## 櫃檯人員：

| 55,000 韓元。<br>KRW55,000.<br>(55,000 Won) | 오만오천원입니다 .<br>o-ma-no-cheo-nwo-nim-ni-da.<br>ㄡ ㄇㄢ. ㄡ ㄑㄧㄠ ㄋㄨㄛ ㄋㄧㄇ. ㄧ ㄇ. ㄋㄧ ㄎㄚ. |
| --- | --- |

## 旅客：

| 請問有含早餐嗎？<br>Does my hotel rate include breakfast? | 아침식사도 포함이 되나요?<br>a-chim-sik-ssa-do po-ha-mi doe-na-yo?<br>ㄚ ㄑㄧ ㄇ. ㄒㄧ ㄍ ㄙㄚ ㄉㄡ. ㄆㄡ ㄏㄚ ㄇㄧ. ㄊㄨㄟ ㄋㄚ ㄧㄡ? |
| --- | --- |

## 櫃檯人員Ａ：

| 是，有含早餐。<br>Yes. | 네 . 아침식사 있어요 .<br>ne. a-chim-sik-ssa i-sseo-yo.<br>ㄋㄟ. ㄚ ㄑㄧ ㄇ. ㄒㄧ ㄎ ㄙㄚ. ㄧ ㄙㄡ ㄧㄡ. |
| --- | --- |

找行李

找客運站

在飯店

換錢

韓式簡餐

隱形眼鏡

遺失物品

藥局

景點拍照

回國

| 在一樓的西餐廳是自助式的。<br><br>Breakfast is offered in the west cafeteria on the 1st Floor. | 일층 레스토랑에서 부페식으로 나와요 .<br><br>il-cheung re-seu-to-rang-e-seo bu-pe-si-geu-ro na-wa-yo.<br><br>ㄧ-ㄖ ㄔㄥ, ㄖㄟ ㄙ ㄊㄡ ㄖㄤ, ㄟ ㄙㄡ, ㄅㄨ ㄆㄟ, ㄒ一 ㄍ ㄖㄡ, ㄋㄚ ㄨㄚ ㄧㄡ. |
| --- | --- |

## 櫃檯人員 B :

| 不，我們不供應早餐。<br><br>No, breakfast is not included. | 아뇨 . 아침식사 공급하지 않아요 .<br><br>a-nyo. a-chim-sik-ssa gong-geu-pa-ji a-na-yo.<br><br>ㄚ ㄋㄡ. ㄚ ㄑ一-ㄇ, ㄒ一 ㄎ ㄙㄚ, ㄍㄨㄥ ㄍ-ㄅ, ㄏㄚ ㄐ一 ㄚ ㄋㄚ一ㄡ. |
| --- | --- |

## 旅客 :

| 好的，謝謝。<br><br>Ok, thanks. | 네 . 고맙습니다 .<br><br>ne. go-map-sseum-ni-da.<br><br>ㄋㄟ. ㄎㄡ ㄇㄚ-ㄅ, ㄙ-ㄇ ㄋ一-ㄅㄚ. |
| --- | --- |

## 旅客 :

| 好，知道了。<br><br>Ok, thanks. | 네 . 알겠습니다 .<br><br>ne. al-kke-sseum-ni-da.<br><br>ㄋㄟ. ㄚ-ㄖ ㄎㄟ, ㄙ-ㄇ ㄋ一-ㄅㄚ. |
| --- | --- |

## ▶ 在電話中！

### 櫃檯：

| 您好，櫃檯。<br>Hello... | 네 . 후론트입니다 .<br>ne. hu-ron-teu-im-ni-da.<br>ㄋㄟ.ㄏㄨ ㄖㄨㄣ ㄊㄜ.一ㄇ ㄋㄧ ㄉㄚ. |
| --- | --- |

### 房客：

| 請問一下，<br>Excuse me... | 죄송합니다 .<br>joe-song-ham-ni-da.<br>ㄑㄩㄝ ㄙㄨㄥ.ㄏㄚ ㄇ ㄋㄧ ㄉㄚ. |
| --- | --- |
| 房間裡的牙刷和<br>牙膏是免費的嗎？<br>...I wonder if<br>toothbrushes and<br>toothpaste in the room<br>are offered for free? | 방에 있는 치솔하고 치약은 ,<br>무료인가요 ?<br>bang-e in-neun chi-sol-ha-go chi-ya-geun,<br>mu-ryo-in-ga-yo?<br>ㄆㄤ ㄝ 一ㄣ ㄋㄣ.ㄑㄧ ㄙㄡ ㄖㄚ ㄍㄡ.<br>ㄑㄧ 一ㄚ ㄍㄣ.ㄇㄨ ㄌㄧㄡ.一ㄣ ㄍㄚ 一ㄡ? |

### 櫃檯人員：

| 是，<br>那要付費的。<br>No, there will be a<br>charge on those items. | 네 . 유료입니다 .<br>ne. yu-ryo-im-ni-da.<br>ㄋㄟ. 一ㄨ ㄌㄧㄡ.一ㄇ ㄋㄧ ㄉㄚ. |
| --- | --- |

找行李

找客運站

在飯店

換錢

韓式餐飯

隱形眼鏡

遺失物品

藥局

景點拍照

回國

## 旅客：

| | |
|---|---|
| 請問是多少錢呢？<br>How much will it be? | **얼마죠?**<br>eol-ma-jyo?<br>ㄛ-ㄖㄇㄚ, ㄐㄧㄡ? |

## 櫃檯人員：

| | |
|---|---|
| 電視旁邊有價目<br>表可以看。<br>You may find a price<br>list beside the TV set. | **네 . 테레비옆에 가격표가 있는 데<br>참고하세요 .**<br>ne. te-re-bi-yeo-pe ga-gyeok-pyo-ga in-neun<br>de cham-go-ha-se-yo.<br>ㄋㄟ. ㄊㄟ ㄖㄟ ㄅㄟ ㄧㄛ ㄆㄟ,<br>ㄎㄚ ㄍㄧㄛ-ㄎ ㄆㄧㄡ ㄍㄚ, ㄧㄣ ㄋㄣ ㄉㄟ,<br>ㄑㄧㄚ-ㄇ ㄍㄡ, ㄏㄚ ㄙㄟ-ㄧㄡ. |

## 旅客：

| | |
|---|---|
| 好，謝謝。<br>I see, thank you. | **네 . 고맙습니다 .**<br>ne. go-map-sseum-ni-da.<br>ㄋㄟ. ㄎㄡ ㄇㄚ-ㄅ, ㄙ-ㄇ ㄋ-ㄅㄚ. |

# ❹ 換　錢

 mp3-46

## 旅客：

| 請問可以換錢嗎？<br>Do you exchange foreign currency here? | 저… 환전하고 싶은데요.<br>jeo... hwan-jeon-ha-go si-peun-de-yo.<br>ㄑㄧㄠ…ㄏㄨㄢ ㄐㄧㄠ ㄣ，ㄏㄚ ㄍㄡ，<br>ㄒㄧ ㄆㄣ，ㄉㄟ ㄡ． |

## 服務人員：

| 可以，請問是什麼貨幣呢？<br>Yes, what currency do you want to exchange? | 1. 네. 무슨화폐입니까？<br>ne.mu-seun-hwa-pye-im-ni-kka?<br>ㄋㄟ．ㄇㄨ ㄙㄣ，ㄏㄨㄚ ㄆㄟ，ㄧㄇ，ㄋㄧ ㄍㄚ？ |
| | 2. 네. 무슨화폐죠？<br>ne.mu-seun-hwa-pye-jyo?<br>ㄋㄟ．ㄇㄨ ㄙㄣ，ㄏㄨㄚ ㄆㄟ ㄐㄧㄡ？ |

## 旅客：

| 是美金。<br>U.S. dollars. | 달러인데요.<br>dal-leo-in-de-yo.<br>ㄉㄚ ㄉㄚ，ㄧㄣ ㄉㄟ ㄡ． |

| 是台幣。<br>New Taiwan Dollars. | 대만돈인데요.<br>dae-man-do-nin-de-yo.<br>ㄊㄟ ㄇㄢ, ㄊㄡ ~ㄣ, 一ㄣ ㄉㄟ ~ㄡ. |
|---|---|
| 請問台幣的匯率是多少？<br>What's the exchange rate today? | 대만달라 환율은 어떻게 돼죠?<br>dae-man-dal-la hwa-nyu-reun eo-tteo-ke dwae-jyo?<br>ㄊㄟ ㄇㄢ ㄉㄚ ㄌㄚ, ㄏㄨㄞ ㄋ一~ㄨ ㄖㄣ,<br>ㄛ ㄉㄠ ㄎㄟ, ㄊㄨㄟ ㄐ一ㄡ? |

## 服務人員：

| 是，一塊錢美金是 1,000 韓元。<br>Well, Today's buying rate is 1,000 Wons per US dollar.. | 네. 달러당 1,000원입니다.<br>ne. dal-leo-dang cheo-nwo-nim-ni-da.<br>ㄋㄟ. ㄉㄚ ㄌㄚ ㄊㄤ,<br>ㄑ一ㄠ ㄋㄨㄛ ~ㄣ, 一~ㄇ ㄋ一 ㄉㄚ. |
|---|---|
| 是，一塊錢台幣是 30 韓元。<br>Well, the exchange rate is around 30 Korea Won to 1 NT dollar. | 네. 대만돈 환율은<br>삼십원(30won)입니다.<br>ne. dae-man-don hwa-nyu-reun sam-si-bwo-nim-ni-da.<br>ㄋㄟ. ㄊㄟ ㄇㄢ ㄊㄡ ~ㄣ, ㄏㄨㄟ ㄋ一~ㄨ ㄖㄣ,<br>ㄙㄚ ~ㄇ ㄒ一 ㄅㄨㄛ ~ㄣ, 一~ㄇ ㄋ一 ㄉㄚ. |

## 旅客：

| 我想要換300美金。 I'd like to exchange 300 U.S. dollars. | 300(삼백)불 바꾸고 싶은데요. sam-baek bul ba-kku-go si-peun-de-yo. ㄙㄚ-ㄇㄟ-ㄍ, ㄅㄨ-ㄖ, ㄅㄚ ㄍㄨ ㄍㄡ, ㄒㄧ ㄆㄣ, ㄊㄟ-ㄧㄡ. |
| 我要換一萬塊台幣。 I'd like to exchange NT$10,000. | 대만돈 만원 (NT $10,000.) 바꾸고 싶은데요. dae-man-don ma-nwon-ba-kku-go si-peun-de-yo. ㄊㄟ ㄇㄢ ㄊㄡ-ㄣ, ㄇㄚ ㄋㄨㄛ-ㄣ, ㄅㄚ ㄍㄨ ㄍㄡ, ㄒㄧ ㄆㄣ ㄊㄟ-ㄧㄡ. |

## 服務人員：

| 是，這是 300,000 韓元。 Ok, it's 300,000 Korea Won in total. | 네. 여기 삼십만원 (300,000won) 입니다. ne. yeo-gi sam-sim-ma-nwo-nim-ni-da. ㄋㄟ. ㄧㄠ ㄎㄧ, ㄙㄚ-ㄇ ㄒㄧ-ㄣ, ㄇㄢ ㄋㄨㄛ-ㄣ, ㄧ-ㄇ, ㄋㄧ-ㄉㄚ. |
| 是，這是380,000 韓元。 Ok, it's 380,000 Korea Won in total. | 네. 여기 삼십팔만 (380,000) 원입니다. ne.yeo-gi sam-sip-pal-man wo-nim-ni-da. ㄋㄟ. ㄧㄠ ㄎㄧ, ㄙㄚ-ㄇ, ㄒㄧ-ㄣ, ㄆㄚ-ㄖ, ㄇㄢ ㄋㄨㄛ-ㄣ, ㄧ-ㄇ, ㄋㄧ-ㄉㄚ. |

## 旅客：

| 謝謝。 Thanks. | 고맙습니다. go-map-sseum-ni-da. ㄎㄡ ㄇㄚ-ㄣ, ㄙ-ㄇ ㄋㄧ-ㄉㄚ. |

找行李
找客運站
在飯店
換錢
韓式簡餐
隱形眼鏡
遺失物品
藥局
景點拍照
回國

## ❺ 在韓式簡餐店

### 服務人員：

| 要吃什麼呢？<br>What would you like<br>to order? | 무얼 드시겠어요?<br>mu-eol deu-si-ge-sseo-yo?<br>ㄇㄨ ㄛ-ㄖ, ㄊㄧ-ㄧ, ㄎㄟ ㄙㄡ-ㄡ? |
|---|---|

### 旅客：

| 請問有辣年糕<br>嗎？<br>Do you have Korean<br>spicy rice cakes? | 저기…. 떡볶이 있어요?<br>jeo-gi.... tteok-ppo-kki i-sseo-yo?<br>ㄑㄧㄡ ㄍㄧ… ㄅㄡ-ㄍ ㄅㄡ ㄍㄧ, ㄧ ㄙㄡ-ㄡ? |
|---|---|

### 服務人員：

| 是，有啊。<br>Yes. | 네 . 있읍니다 .<br>ne. i-sseum-ni-da.<br>ㄋㄟ. ㄧ ㄙㄇ-ㄇ ㄋㄧ-ㄅㄚ. |
|---|---|
| 有辣年糕也有海<br>苔包飯。<br>We also offer rice<br>rolled in laver. | 떡볶이도 있고 김밥도 있어요 .<br>tteok-ppo-kki-do it-kko gim-bap-tto i-sseo-yo.<br>ㄅㄡ ㄅㄡ ㄍㄧ ㄅㄡ, ㄧ ㄍㄡ, ㄎㄧ-ㄇ ㄅㄚ-ㄅㄡ,<br>ㄧ ㄙㄡ-ㄡ. |
|---|---|

## 旅客：

| | |
|---|---|
| 那給我辣年糕兩人份和海苔包飯一人份吧。<br><br>I would like to order two 'Korean spicy rice cakes' and one 'rice rolled in laver'. | 그럼 떡볶이 2인분하고 김밥 1인분 주세요.<br>geu-reom tteok-ppo-kki2in-bun-ha-go gim-bap1in-bun ju-se-yo.<br>ㄎ ㄖㄠ ~ㄇ, ㄉㄡ ~ㄍ ㄡ ㄍ ㄧ, ㄧ ㄧㄣ ㄅㄨ ~ㄣ,<br>ㄏㄚ ㄍㄡ, ㄎ ㄧ ~ㄇ ㄅㄚ ~ㄅ, ㄧ ㄖ ㄣ, ㄅㄨ ~ㄣ,<br>ㄑ ㄧ ~ㄨ ㄙ ㄟ ~ㄡ. |

## 服務人員：

| | |
|---|---|
| 好的。<br>Sure. | 네. 알겠읍니다.<br>ne. al-kke-sseum-ni-da.<br>ㄋㄟ. ㄚ ~ㄖ ㄍ ㄟ, ㄙ ~ㄇ ㄋ ㄧ ~ㄉㄚ. |

## 旅客：

| | |
|---|---|
| 請問有衛生紙嗎？<br><br>May I have some napkin, please? | 저… 티슈있어요?<br>jeo... ti-syu-i-sseo-yo?<br>ㄑ ㄧ ~ㄡ… ㄊ ㄧ ㄒ ㄧ ~ㄨ, ㄧ ㄙ ㄡ ~ㄡ? |

## 服務人員：

| | |
|---|---|
| 有，請等一下。<br>Ok, just a moment. | 네. 기다리세요.<br>ne. gi-da-ri-se-yo.<br>ㄋㄟ. ㄎ ㄧ ㄅㄚ, ㄖ ㄧ ㄙ ㄟ ~ㄡ. |

找行李

找客運站

在飯店

換錢

韓式簡餐

隱形眼鏡

遺失物品

藥局

景點拍照

回國

## 旅客：

| 請問…洗手間在哪裡？<br>Can you tell me where the restroom is? | 저…화장실이 어디죠?<br>jeo...hwa-jang-si-ri eo-di-jyo?<br>ㄐㄧㄡ…ㄏㄨㄚ ㄐㄧㄤ ㄒㄧ ㄖㄧ, ㄛ ㄉㄧ ㄐㄧㄡ? |

## 服務人員：

| 是，你從那裡出去，轉到側邊就看到了。<br>Yes, please go over there and you shall find it by the side. | 네 . 저쪽으로 나가서 옆으로 꺽어지면 있어요 .<br>ne. jeo-jjo-geu-ro na-ga-seo yeo-peu-ro kkeo-geo-ji-myeon i-sseo-yo.<br>ㄋㄟ. ㄑㄧㄡ ㄐㄧㄡ ㄍ ㄖㄡ, ㄋㄚ ㄍㄚ ㄙㄡ, ㄧㄡ ㄆ ㄨ ㄖㄡ, ㄍㄡ ㄍㄡ ㄐㄧ ㄇㄧㄠ ㄣ, ㄧ ㄙㄡ ㄖㄡ. |
| 這是免費送的咖啡。請用吧。<br>Please help yourselves to our free coffee. | 이건 무료로 드리는 커피예요 .<br>드세요 .<br>i-geon mu-ryo-ro deu-ri-neun keo-pi-ye-yo.<br>deu-se-yo.<br>ㄧ ㄍㄡ ㄣ, ㄇㄨ ㄌㄡ ㄖㄡ, ㄊ ㄇㄧ ㄋㄣ, ㄎㄡ ㄆㄧ, ㄧ ㄝ ㄖㄡ. ㄊ ㄙㄟ ㄖㄡ. |

## 旅客：

| 謝謝。<br>Thanks. | 고맙습니다 .<br>go-map-sseum-ni-da.<br>ㄎㄡ ㄇㄚ ㄅ, ㄙ ㄇ ㄋ ㄋㄧ ㄉㄚ. |

| 總共多少錢？<br>How much is it for<br>the meal? | **전부 얼마예요?**<br>jeon-bu eol-ma-ye-yo?<br>ㄑㄧㄠ˙ㄅㄣㄅㄨ，ㄡㄖㄨㄇㄚ，ㄧㄝ˙ㄧㄡ？ |
| --- | --- |

## 服務人員：

| 是，共 59,800 韓<br>元。<br>The total will be<br>59,800 Korea Wons. | **네 . 오만구천팔백** (59,800)<br>**원입니다 .**<br>ne. o-man-gu-cheon-pal-ppae-gwo-nim-ni-da.<br>ㄋㆤ，ㄡㄇㄢ，ㄎㄨㄑㄧㄠ˙ㄅㄣ，ㄆㄚ˙ㄇ，ㄅㆤ，<br>ㄍㄨㆦ˙ㄅㄣ，ㄧㄇㄋㄧㄅㄚ。 |
| --- | --- |

## 旅客：

| 給我收據好嗎.<br>May I have a receipt? | **영수증 주세요 .**<br>yeong-su-jeung ju-se-yo.<br>ㄧㄠ˙ㄥㄙㄨㄥ，ㄑㄧㄨㄙㆤ˙ㄧㄡ。 |
| --- | --- |

## 服務人員：

| 好的，謝謝。<br>Sure, thanks. | **네 . 감사합니다 .**<br>ne. gam-sa-ham-ni-da.<br>ㄋㆤ，ㄎ˙ㄇ，ㄙㄚ，ㄏㄚ˙ㄇ，ㄋㄧㄅㄚ。 |
| --- | --- |

找行李<br>找客運站<br>在飯店<br>換錢<br>韓式簡餐<br>隱形眼鏡<br>遺失物品<br>藥局<br>景點拍照<br>回國

# ❻ 買隱形眼鏡  mp3-48

## 旅客：

| 我想買隱形眼鏡。<br>I want to buy contact lenses. | 저 렌즈를 사려고 하는데요 .<br>jeo ren-jeu-reul ssa-ryeo-go ha-neun-de-yo.<br>ㄑㄧㄡ, ㄖㄟ-ㄅ ㄗ ㄖ-ㄖ, ㄙㄚ ㄖㄧㄠ ㄍㄡ,<br>ㄏㄚ ㄋㄣ ㄉㄟ-ㄡ. |
|---|---|

## 店員：

| 是要買軟式鏡片嗎？<br>Do you want to buy soft contact lenses? | 소프트렌즈를 원하세요 ?<br>so-peu-teu-ren-jeu-reul won-ha-se-yo?<br>ㄙㄡ ㄆㄨ ㄊ, ㄖㄟ-ㄅ ㄗ, ㄖ-ㄖ,<br>ㄨㄛ ㄋㄚ ㄙㄟ -ㄡ? |
|---|---|

## 旅客：

| 是，我想買每日拋的軟式鏡片。<br>Yes, daily disposable contact lenses, please. | 네 . 소프트 렌즈로 일회용이요 .<br>ne. so-peu-teu ren-jeu-ro il-hoe-yong-i-yo.<br>ㄋㄟ. ㄙㄡ ㄆㄨ ㄊ, ㄖㄟ-ㄅ ㄗ ㄖㄡ,<br>ㄧ-ㄖㄨㄟ ㄩㄥ, ㄧ-ㄡ. |
|---|---|

找行李

找客運站

在飯店

換錢

韓式簡餐

隱形眼鏡

遺失物品

藥局

景點拍照

回國

## 店員：

| 好的，我們有一般的和彩色的。也有矽膠的。<br>Ok, we offer normal and colored types of products. We also have silicone hydrogel contact lenses. | 네 . 일반렌즈 , 칼라렌즈 , 그리고 실리콘 렌즈가 있는데 .<br>ne. il-bal-len-jeu, kal-la-ren-jeu, geu-ri-go sil-li-kon ren-jeu-ga in-neun-de.<br>ㄋㄟ. ㄧ~ㄖㄅㄢ, ㄖㄟ~ㄣㄗ, ㄎㄚ ㄌㄚ, ㄖㄟ~ㄣㄗ, ㄎㄨ ㄖ一 ㄍㄡ, ㄒ一 ㄎㄧ ㄎㄡ~ㄣ ㄖㄟ~ㄣㄗ ㄍㄚ, ㄧㄣ ㄋㄣ ㄉㄟ, |
| 你希望哪一種呢？<br>Which type of soft contact lenses do you prefer? | 어떤걸 원하세요 ?<br>eo-tteon-geol won-ha-se-yo?<br>ㄜ ㄉㄨㄣ~ㄣ ㄍㄡ~ㄖ, ㄨㄛ ㄋㄚ ㄙㄟ ㄧㄡ? |

## 旅客：

| 我可以看一下彩色的嗎？<br>Can you show me the colored types of contact lenses? | 저 칼라렌즈좀 볼수 있을 까요 .<br>jeo kal-la-ren-jeu-jom bol-su i-sseul kka-yo.<br>ㄑㄧㄡ, ㄎㄚ ㄌㄚ ㄖㄟ~ㄣ ㄗ, ㄑㄧㄡ~ㄇ, ㄆㄡ~ㄖ ㄙㄨ, ㄧ ㄙ~ㄖ ㄍㄚ 一ㄡ? |

## 店員：

| | |
|---|---|
| 彩色鏡片嗎？<br>Colored type? | **칼라렌즈요 ?**<br>kal-la-ren-jeu-yo?<br>ㄎㄚ ㄌㄚ ㄖㄟˋㄣ ㄗˋ.ㄧㄡ? |
| 好，種類有很多種。<br>Sure, we have the contact lenses in many colors. | **네 . 종류가 여러가지 입니다 .**<br>ne. jong-nyu-ga yeo-reo-ga-ji im-ni-da.<br>ㄋㄟˋ. ㄑㄩㄥ ㄋㄧˋㄨ ㄍㄚˋ. ㄧㄜ ㄖㄜ ㄍㄚ ㄐㄧˋ. ㄧˋㄇ ㄋㄧˋㄅㄚ. |
| 在這裡。<br>Here you are. | **여기 있읍니다 .**<br>yeo-gi i-sseum-ni-da.<br>ㄧㄜ ㄍㄧˋ. ㄧˋㄥ.ㄇ. ㄋㄧˋㄅㄚ. |
| 你看你中意哪一個？<br>Which one do you prefer? | **어떤게 좋으세요 .**<br>eo-tteon-ge jo-eu-se-yo.<br>ㄛ ㄉㄡˋㄣ ㄍㄟˋ. ㄑㄧㄡ ㄨ. ㄙㄟˋㄧㄡ?<br><br>**어떤게 마음에 드세요 .**<br>eo-tteon-ge ma-eu-me deu-se-yo.<br>ㄛ ㄉㄡˋㄣ ㄍㄟˋ. ㄇㄚ ㄇㄟˋ. ㄊ ㄙㄟˋㄧㄡ ㄛ |

## 旅客：

| | |
|---|---|
| 請給我看這一個。<br>Can you show me this one? | **이것좀 보여주세요 .**<br>i-geot-jjom bo-yeo-ju-se-yo.<br>ㄧ ㄎㄛ ㄐㄧㄡˋㄇ. ㄅㄡ ㄧㄠˋ. ㄑㄧˋㄨ ㄙㄟˋㄧㄡ? |

| | 이게 좋네요! |
|---|---|
| | i-ge jon-ne-yo! |
| 這個看來不錯！<br>It looks great! | 一《へ、ㄐㄧㄡ ㄋㄟ ㄧㄡ! |
| | 이게 마음에 드네요! |
| | i-ge ma-eu-me deu-ne-yo! |
| | 一《へ、ㄇㄚ ㄨ ㄇㄟ、ㄊㄡ ㄋㄟ ㄧㄡ! |

## 店員：

| 要這個嗎？<br>Do you want this one? | 이거로 드릴 까요？ |
|---|---|
| | i-geo-ro deu-ril kka-yo? |
| | 一《ㄛ ㄖㄡ、ㄊㄡ 一`ㄖ、《ㄚ 一ㄡ? |

## 旅客：

| 好，給我那一個吧。<br>Ok, I'll take it. | 네．그렇게 해주세요． |
|---|---|
| | ne. geu-reo-ke hae-ju-se-yo. |
| | ㄋㄟ．ㄎ ㄖㄡ ㄎㄟ、ㄏㄟ ㄐㄧ ㄨ ㄙㄟ ㄧㄡ. |
| 這樣是多少錢呢？<br>What's the total? | 이렇게 해서 얼마죠？ |
| | i-reo-ke hae-seo eol-ma-jyo? |
| | 一 ㄖㄡ ㄎㄟ、ㄏㄟ ㄙㄡ、ㄛ ㄇㄚ ㄐㄧㄡ? |

找行李<br>找客運站<br>在飯店<br>換錢<br>韓式簡餐<br>隱形眼鏡<br>遺失物品<br>藥局<br>景點拍照<br>回國

## 店員：

| | |
|---|---|
| 好的，<br>請稍等一下。<br>Ok, just a moment. | **네 . 잠깐 기다리세요 .**<br>ne. jam-kkan gi-da-ri-se-yo.<br>ㄋㄟ. ㄑㄧㄚ-ㄇ ㄍㄢ. ㄎㄧㄉㄚ ㄌㄧㄇㄟ -ㄧㄡ. |
| 加起來總共<br>24,000 韓元。<br>The total will be<br>24,000 Korea Wons. | **합계 이만사천원 (24000) 입니다 .**<br>hap-kkye i-man-sa-cheo-nwon im-ni-da.<br>ㄏㄚ-ㄅ ㄍㄟ, ㄧ-ㄇㄢ, ㄙㄚ ㄑㄧㄠ, ㄋㄨㄛ-ㄣ<br>ㄧ -ㄇ ㄋㄧ-ㄉㄚ. |

旅客：

| | |
|---|---|
| 我…掉了皮包。<br>I lost my handbag. | 저 ... 가방을 잃어버렸어요 .<br>jeo... ga-bang-eul i-reo-beo-ryeo-sseo-yo.<br>ㄑ一ㄡ… ㄎㄚ ㄅㄤ, ㄦ~ㅁ, 一ㅁㄡ, ㄆㄡ ㄖ一ㄠ,<br>ㅿㅿㅡㄡ. |
| 裡面裝著我的皮包和護照…。<br>My purse and passport were in it. | 안에 제 지갑하고 패스포드가<br>들어 있는데….<br>a-ne je ji-gap-ha-go pae-seu-po-deu-ga deu-reo<br>in-neun-de....<br>ㄚ ㄋㅔ, ㄑ一ㅅㅔ, ㄑ一 ㄍㄚ ㄆㄚ ㄍㄡ,<br>ㄆㄟ ㅿㄆㄡㄉ ㄍㄚ, ㄊㄡ ㄖㄡ, 一ㄣ ㄋㄣ ㄊㄟ…. |
| 我在買東西的時候就不見了。<br>I think I lost it when I was shopping. | 물건을 사고 있었는데 없어졌어요 .<br>mul-geo-neul ssa-go i-sseon-neun-de<br>eop-sseo-jeo-sseo-yo.<br>ㄇㄨ~ㅁ ㄎㄡ ㄋ~ㅁ, ㅿㄚ ㄍㄡ, 一ㅿㄡ ㄋㄣ ㄉㄟ,<br>ㄡ~ㄆ ㅿㄡ, ㄑ一ㄠ ㅿㅿㅡㄡ. |
| 我…掉了一個塑膠袋。<br>I lost a plastic bag… | 저… 비닐 봉투를 잃어버렸어요 .<br>jeo... bi-nil bong-tu-reul i-reo-beo-ryeo-<br>sseo-yo.<br>ㄑ一ㄡ… ㄆ一 ㄋ一~ㅁ, ㄆㄨㄥ ㄊㄨ ㅁ~ㅁ,<br>一 ㅁㄡ, ㄆㄡ ㅁㄡ, ㅿㅿㅡㄡ. |

| 裡面裝著我的相機和禮物…<br>with my camera and some gifts inside… | 안에 제 카메라하고 선물이 들어 있는데…<br>a-ne je ka-me-ra-ha-go seon-mu-ri deu-reo in-neun-de...<br>ㄚ ㄋㄟˋ, ㄐㄧㅡㄝ, ㄎㄚ ㄇㄟˇ ㄖㄚˋ, ㄏㄚ 《ㄡ, ㄙㄨㄣˊ ㄇㄨ ㄖㄧㅡ, ㄊㄜ ㄖㄡˋ, ㄧ ㄋㄣ ㄊㄝˋ…. |
|---|---|
| 我坐捷運下車的時候忘記拿。<br>I left it on the rapid transit train. | 지하철 타고 내리다 깜박했어요.<br>ji-ha-cheol ta-go nae-ri-da kkam-bak-hae-sseo-yo.<br>ㄐㄧ ㄏㄚˋ, ㄑㄧㄡㄖ, ㄊㄚ 《ㄡ, ㄋㄟˋ ㄖㄧㄚˋ, 《ㄢ ㄅㄚˋ, ㄎㄟ ㄙㄜㄡ. |

## 警察／服務人員 :

| 是什麼時候掉的呢？<br>When did you lose it? | 언제 잃어 버리신 거죠?<br>eon-je i-reo beo-ri-sin geo-jyo?<br>ㄛ ㄣ ㄐㄧㄝˋ, ㄧ ㄖㄡㄡ ㄖㄛˋ, ㄒㄧㄥ ㄅㄡ ㄐㄧㄡ? |
|---|---|

## 旅客 :

| 在昨天。<br>Yesterday. | 어제요.<br>eo-je-yo.<br>ㄛ ㄐㄧㄝㄝㄡ. |
|---|---|
| 剛才。<br>Just now. | 아까요.<br>a-kka-yo.<br>ㄚ 《ㄚㄝㄡ. |

## 警察／服務人員：

| 請在這裡留下姓名和聯絡電話吧！<br>Please leave your name and telephone no. | 자 , 여기다 이름하고 연락번호를 적어주세요 !<br>ja,yeo-gi-da i-reum-ha-go yeol-lak-ppeon-ho-reul jjeo-geo-ju-se-yo!<br>ㄑㄧㄚ，ㄧㄡ ㄍㄧㄚ，ㄧ ㄖ，ㄇㄚ ㄍㄡ ㄧㄠ ㄅ ㄌㄚ ㄅ，ㄆㄛ ㄋㄡ ㄖ ㄖ，ㄑㄧㄠ ㄍㄡ，ㄑㄧㄡ ㄙㄟ ㄧㄡ! |
|---|---|
| 有消息，我們會跟你聯絡的。<br>We'll contact you once we find it. | 연락이 들어오면 전화드리겠습니다 .<br>yeol-la-gi deu-reo-o-myeon jeon-hwa-deu-ri-ge-sseum-ni-da.<br>ㄧㄡ ㄅ ㄌㄚ ㄍㄧ，ㄊ ㄖㄛ，ㄡ ㄇㄧㄠ ㄅ，ㄑㄧㄠ ㄋㄨㄚ，ㄊ ㄖㄧ，ㄍㄟ ㄙ ㄇ，ㄋㄧ ㄅㄚ. |

## 旅客：

| 麻煩你了。<br>Thank you. | 부탁드립니다 .<br>bu-tak-tteu-rim-ni-da.<br>ㄆㄨ ㄊㄚ ㄅ，ㄊ ㄖㄧ ㄇ，ㄋㄧ ㄅㄚ. |
|---|---|

找行李<br>找客運站<br>在飯店<br>換錢<br>韓式簡餐<br>隱形眼鏡<br>遺失物品<br>藥局<br>景點拍照<br>回國

# **8** 在藥局

mp3-50

## 旅客：

| | |
|---|---|
| 我的喉嚨很痛。<br>I have a sore throat. | **목이 아파요 .**<br>mo-gi a-pa-yo.<br>ㄇㄡ ㄍㄧˋ ㄚ ㄆㄚˋㄧㄡˇ. |

## 藥劑師：

| | |
|---|---|
| 是扁桃腺痛嗎？<br>Do you have swollen<br>tonsils? | **편도선이 아프세요？**<br>pyeon-do-seo-ni a-peu-se-yo?<br>ㄆㄧㄠˊ ㄣ ㄉㄡ ㄙㄥ ㄋㄧ~ ㄚ ㄆㄨ ㄙㄟ ㄧㄡ? |

## 旅客：

| | |
|---|---|
| 是扁桃腺發炎。<br>I have some tonsil<br>inflammation. | **네 . 편도선이 부었어요 .**<br>ne. pyeon-do-seo-ni bu-eo-sseo-yo.<br>ㄋㄟ. ㄆㄧㄠˊ ㄣ ㄉㄡ ㄙㄥ ㄋㄧ~ ㄆㄨ ㄡ ㄙㄡˇ ㄡ. |

## 藥劑師：

| | |
|---|---|
| 是什麼時候開始<br>這樣呢？<br>When did you notice this? | **언제부터 그러세요？**<br>eon-je-bu-teo geu-reo-se-yo?<br>ㄛ ~ㄣ ㄐㄧ~ㄝ ㄆㄨ ㄊㄡ, ㄎ ㄖ ㄨ ㄙㄟ ㄧㄡ? |

旅客:

| 從昨天開始。<br>Since yesterday... | 어저께 부터 그래요.<br>eo-jeo-kke bu-teo geu-rae-yo.<br>ㄜ ㄐㄧㄝ ㄍㄟ, ㄅㄨ ㄊㄡ, ㄎ ㄖㄟ ㄧㄡ. |
| --- | --- |

藥劑師:

| 要不要配感冒藥呢?<br>Do you need some cold medicine? | 감기몸살약 제조해드릴까요?<br>gam-gi-mom-sa-ryak je-jo-hae-deu-ril-kka-yo?<br>ㄎㄚ -ㄇ ㄍㄧ, ㄇㄡ -ㄇ, ㄙㄚ -ㄖ, ㄧㄚ -ㄍ,<br>ㄑㄧㄝ ㄐㄧㄡ ㄏㄟ, ㄊ ㄖㄧ -ㄖ, ㄍㄚ ㄧㄡ? |
| --- | --- |

旅客:

| 好。麻煩你了。<br>Yes, please. | 네. 그렇게 해주세요.<br>ne. geu-reo-ke hae-ju-se-yo.<br>ㄋㄟ. ㄎ ㄖㄡ ㄎㄟ, ㄏㄟ ㄐㄧㄡ ㄙㄟ ㄧㄡ. |
| --- | --- |

藥劑師:

| 在這裡。<br>Here you are. | 여기있읍니다.<br>yeo-gi-i-sseum-ni-da.<br>ㄧㄝ ㄍㄧ, ㄧ ㄙ -ㄇ, ㄋㄧ ㄅㄚ. |
| --- | --- |

找行事<br>找客運站<br>在飯店<br>換錢<br>韓式簡餐<br>隱形眼鏡<br>遺失物品<br>藥局<br>景點拍照<br>回國

| 三餐飯後服用一次，<br>You need to take your medicine after each meal,... | 식후에 한번씩 드시고 ,<br>si-ku-e han-beon-ssik deu-si-go,<br>ㄒㄧㄎㄨㄟˋ, ㄏㄢㄅㄣˊㄅㄣ, ㄒㄧˋㄍㄜ, ㄊㄧ˙ㄍㄡ. |
| 然後在睡覺前再服用一次。<br>...and before going to bed. | 그리고 자기전에 한번 드세요 .<br>geu-ri-go ja-gi-jeo-ne han-beon deu-se-yo.<br>ㄎㄜㄇㄧㄌㄡㄗˋ, ㄑㄧㄚㄍㄧ, ㄑㄧㄠㄋㄟˋ,<br>ㄏㄢㄅㄠˊㄅㄣ, ㄊㄜㄙㄟˋ一ㄡ. |

## 旅客：

| 多少錢？<br>How much will it be? | 얼마죠 ?<br>eol-ma-jyo?<br>ㄜ ˊㄇㄇㄚˋ, ㄐㄧㄡ? |

## 藥劑師：

| 是四千五百韓元。<br>（相當於 150 元台幣左右）<br>It's 4,500 Korean Won (around 150 NT dollars). | 사천오백 (4,500) 원입니다 .<br>sa-cheo-no-bae-gwo-nim-ni-da.<br>ㄙㄚ ㄑㄧㄠ ˋㄋㄜ, ㄡㄅㄟˋ, ㄍㄨㄛ ˋㄋㄜ, 一 ˋㄇ ㄋㄧ ˊㄅㄚˋ. |

旅客：

| | |
|---|---|
| 可以幫我（我們）拍一下照片嗎？<br>Could you take a photo of me (us)? | **사진좀 찍어 주시겠어요?**<br>sa-jin-jom jji-geo ju-si-ge-sseo-yo?<br>ㄙㄚ ㄐㄧㄣˋ ㄐㄧㄡˋ-ㄇ、ㄐㄧ ㄍㄡ ㄑㄧ-ㄡ ㄒㄧˇ、ㄎㄟˋ ㄙㄡˇ-ㄡ? |
| 謝謝。<br>Thanks. | **고맙습니다.**<br>go-map-sseum-ni-da.<br>ㄎㄡ ㄇㄚˋ-ㄅˋ、ㄙ-ㄇ ㄇㄧ-ㄅㄚ. |
| | **감사합니다.**<br>gam-sa-ham-ni-da.<br>ㄎㄚˇ-ㄇ ㄙㄚˋ、ㄏㄚˊ-ㄇ ㄋㄧ-ㄅㄚ. |
| 啊～沒有拍好。<br>Oops, it's not a good one. | **아～ 않찍혔다.**<br>a~ an-jji-kyeot-tta.<br>ㄚ～ ㄢ ㄐㄧˋ、ㄎㄧˇ-ㄠ ㄅㄚ. |
| 對不起。<br>I'm sorry. | **죄송합니다.**<br>joe-song-ham-ni-da.<br>ㄑㄩㄝ ㄙㄨㄥ ㄏㄚˊ-ㄇ、ㄋㄧ-ㄅㄚ. |

| 可以幫忙再拍一次嗎？<br>One more, please. | 다시한번 찍어주시겠어요?<br>da-si-han-beon jji-geo-ju-si-ge-sseo-yo?<br>ㄊㄚ ㄒㄧˋ ㄏㄢ ㄅㄡㄣ, ㄐㄧ ㄍㄡ, ㄑㄧㄡ ㄒㄧˋ,<br>ㄎㄟ ㄙㄡ ㄧㄡˊ? |
| --- | --- |
| 啊～可以了。<br>OK～ | 아～ 나왔다.<br>a~ na-wat-tta.<br>ㄚˋ ㄋㄚ ㄨㄚ ㄅㄚˋ. |
| 謝謝。<br>Thank you. | 고맙습니다.<br>go-map-sseum-ni-da.<br>ㄎㄡ ㄇㄚˋ ㄅ, ㄙㄇ ㄇㄇ ㄧ ㄅㄚˊ. |

# ❿ 回國

## ▶ 在韓國出境櫃台，辦理回國手續

**航空櫃檯人員：**

| | |
|---|---|
| 您是去哪裡？<br>Where are you headed? /<br>What's your destination? | **어디에 가세요?**<br>eo-di-e ga-se-yo?<br>ㄡ ㄉㄧ ㆎ,ㄎㄚ ㄙㆎ ㄧㄡˇ? |

**旅客：**

| | |
|---|---|
| 我去台北。<br>I'm going to Taipei. | **타이페이에 갑니다.**<br>ta-i-pe-i-e gam-ni-da.<br>ㄊㄞ ㄆㆎ ㆎ,ㄎㄚ-ㄇ ㄋㄧ-ㄉㄚ. |

**航空櫃檯人員：**

| | |
|---|---|
| 是什麼航空呢？<br>What airline are you traveling on? | **무슨 항공이에요?**<br>mu-seun hang-gong-i-se-yo?<br>ㄇㄨ ㄙㄣ,ㄏㄤ ㄎㄨㄥ,ㄧ ㄙㆎ ㄧㄡˇ? |

## 旅客：

| | |
|---|---|
| 是中華航空。<br>China Airlines. | **중화항공 (china Airline) 입니다.**<br>jung-hwa-hang-gong im-ni-da.<br>ㄑㄩㄥ ㄏㄨㄚ.ㄏㄤ ㄎㄨㄥ.ㄧ ㄇ ㄋㄧ ㄉㄚ. |

## 航空櫃檯人員：

| | |
|---|---|
| 麻煩看一下護照和機票。<br>Passport and ticket, please. | **여권하고 티켓 부탁합니다.**<br>yeo-gwon-ha-go ti-ket bu-ta-kam-ni-da.<br>ㄧㄛ ㄍㄨㄛ ㄋㄚ ㄍㄡ.ㄊㄧ ㄎㄟ.ㄊ,ㄆㄨ ㄊㄚ.ㄎㄚ ㄇ ㄋㄧ ㄉㄚ. |
| | **패스포드하고 티켓 부탁합니다.**<br>pae-seu-po-deu-ha-go ti-ket bu-ta-kam-ni-da.<br>ㄆㄟ ㄙ ㄆㄡ ㄉ.ㄏㄚ ㄍㄡ.ㄊㄧ ㄎㄟ.ㄊ,ㄆㄨ ㄊㄚ.ㄎㄚ ㄇ ㄋㄧ ㄉㄚ. |

## 旅客：

| | |
|---|---|
| 在這裡。<br>Here you are. | **여기있읍니다.**<br>yeo-gi-i-sseum-ni-da.<br>ㄧㄛ ㄍㄧ.ㄧ ㄙ ㄇ.ㄋㄧ ㄉㄚ. |

## 航空櫃檯人員：

| | |
|---|---|
| 好的。謝謝你。<br>Ok, thank you. | 네 . 감사합니다 .<br>ne. gam-sa-ham-ni-da.<br>ㄋㄟ. ㄎㄚ -ㄇ ㄙㄚ, ㄏㄚ -ㄇ, ㄋㄧ ㄉㄚ. |
| 請問有行李嗎？<br>Do you have baggages with you? | 트렁크있으세요 ?<br>teu-reong-keu-i-sseu-se-yo?<br>ㄊ ㄖㄨㄥ ㄎ, ㄧ ㄙ ㄙㄟ ㄧㄡ? |
| | 짐있으세요 ?<br>ji-mi-sseu-se-yo?<br>ㄑㄧ ㄇㄨ, ㄧ ㄙ, ㄙㄟ ㄧㄡ? |

## 旅客：

| | |
|---|---|
| 有啊。<br>Yes. | 있어요 .<br>i-sseo-yo.<br>ㄧ ㄙㄡ ㄧㄡ. |

## 航空櫃檯人員：

| | |
|---|---|
| 只有這一個嗎？<br>Only this one? | 이것 하나예요 ?<br>i-geot ha-na-ye-yo?<br>ㄧ ㄍㄡ, ㄏㄚ ㄋㄚ, ㄧㄝ ㄧㄡ? |
| 有幾個行李呢？<br>How many pieces of baggages do you have? | 짐이 몇개죠 ?<br>ji-mi myeot-kkae-jyo?<br>ㄑㄧ ㄇㄧ, ㄇㄧㄠ ㄍㄟ ㄐㄧㄡ? |

旅客：

| | |
|---|---|
| 是，總共兩個。<br>I have two pieces of<br>baggages. | 네 . 전부 두개입니다 .<br>ne. jeon-bu du-gae-im-ni-da.<br>ㄋㄟ. ㄑㄧㄠ ㄅㄨ ㄅㄨ, ㄊㄨ ㄍㄟ, ㄧㄇ ㄋㄧ ㄅㄚ. |

# 韓語會話公式

# ➊ 問路

 mp3-53

## 在哪裡?

### 어디죠?
eo-di-jyo?

ㄜ ㄎㄧ— ㄐㄧ—ㄡ?

## ★ 例 句

這裡是江南嗎?

**여기가 강남인가요?**

yeo-gi-ga gang-na-min-ga-yo?

ㄧㄡ ㄎㄧ— ㄍㄚ, ㄎㄤ ㄋㄚ ㄇㄧ— ˙ㄅ, ㄎㄚ ㄧㄡ?

江南火車站在哪裡呢?

**강남역이 어디죠?**

gang-na-myeo-gi eo-di-jyo?

ㄎㄤ ㄋㄚ ㄇㄧㄠ ㄍㄧ—, ㄜ ㄎㄧ— ㄐㄧ—ㄡ?

這裡是世宗飯店嗎?

**여기가 세종호텔인가요?**

yeo-gi-ga se-jong-ho-te-rin-ga-yo?

ㄧㄡ ㄎㄧ— ㄍㄚ, ㄙㄟ ㄗㄨㄥ, ㄏㄡ ㄊㄟˋ ㄇㄧ— ˙ㄅ, ㄎㄚ ㄧㄡ?

櫃台在哪裡呢?

**카운타가 어디죠?**

**ka-un-ta-ga eo-di-jyo?**

ㄎㄚ ㄨ ㄅ ㄊㄚ ㄍㄚ, ㄜ ㄉㄧ ㄐㄧㄡ?

| ～ 是在哪裡? |
|---|
| **～ 이 어디죠?**<br>～ i eo-di-jyo?<br>～一, ㄜ ㄉㄧ ㄐㄧㄡ? |
| **～ 가 어디죠?**<br>～ ga eo-di-jyo?<br>～ ㄍㄚ(ㄎㄚ), ㄜ ㄉㄧ ㄐㄧㄡ? |

➡ 已經在附近了,卻找不到正確位置時,使用此公式。

公式 **A**

## ～ 是在哪裡? / ～ 이 어디죠?

～ i eo-di-jyo? ～一, ㄜ ㄉㄧ ㄐㄧㄡ?

### Tip

名詞的最後一個字有 bachim 時+이(語助詞=是)어디죠?

**註** 有 bachim 的字:一個字裡有三個以上字母的字。

例:남=ㄴ+ㅏ+ㅁ (共三個字母)。

這些字母中,位在下方的字母就是 bachim,所以ㅁ字母就是남字的
bachim。

## ★ 例 句

中華航空在哪裡？

**중화항공**이 어디죠?

jung-hwa-hang-gong-i eo-di-jyo?

ㄑㄧ～ㄨ～ㄥ ㄏㄨㄚˊ ㄏㄤˊ ㄍㄨㄥ ㄧ ㄛ ㄉㄧ ㄐㄧ～ㄡ?

長榮航空在哪裡？

**에버항공**이 어디죠?

e-beo-hang-gong-i eo-di-jyo?

ㄟ ㄅㄡˊ ㄏㄤˊ ㄍㄨㄥ ㄧ ㄛ ㄉㄧ ㄐㄧ～ㄡ?

客運站在哪裡？

**버스 터미널**이 어디죠?

beo-seu teo-mi-neo-ri eo-di-jyo?

ㄅㄨㄥ ㄊㄡ ㄇㄧ ㄋㄚˊ ㄇ一 ㄛ ㄉㄧ ㄐㄧ～ㄡ?

➡ 底線部分，請用下列名詞說說看。

| 中文 / 英文 | 韓文 / 羅馬拼音 / 請用注音說說看 |
|---|---|
| 大韓航空<br>Korean Air | **대한항공**<br>dae-han-hang-gong<br>ㄊㄟ ㄏㄢ, ㄏㄤ ㄍㄨㄥ |
| 世宗飯店<br>Sejong Hotel | **세종호텔**<br>se-jong-ho-tel<br>ㄙㄟ ㄗㄨㄥ, ㄏㄡ ㄊㄟ～ㄖ |

| | |
|---|---|
| 郵局<br>Post Office | **우체국**<br>u-che-guk<br>ㄨ ㄑㄧㄝ ㄍㄨㄎ |
| 銀行<br>Bank | **은행**<br>eun-haeng<br>ㄨㄋㄟ~ㄥ |
| 餐廳<br>Restaurant | **식당**<br>sik-ttang<br>ㄒㄧ~ㄍ ㄉㄤ |
| 公車站牌<br>Bus Stop | **버스 정거장**<br>beo-seu jeong-geo-jang<br>ㄅㄡㄙ, ㄑㄩㄥ ㄍㄡ ㄐㄧㄤ |
| 洗手間<br>Toilet | **화장실**<br>hwa-jang-sil<br>ㄏㄨㄚ ㄐㄧㄤ, ㄒㄧ~ㄖ |
| 書店<br>Bookstore | **서점**<br>seo-jeom<br>ㄙㄡ ㄐㄧㄠ~ㄇ |

**公式 B**

# ～ 是在哪裡？/ 가 어디죠？

ga eo-di-jyo 　ㄍㄚ(ㄎㄚ), ㄛ ㄉㄧ ㄐㄧㄡ？

## *Tip*

名詞的最後一個字，沒有 bachim 時＋가（語助詞＝是）어디죠?

註 沒有 bachim 的字：只有兩個字母組成，也就是子音和母音。

例：트＝ㅌ＋ㅣ兩個字母。

## ★ 例 句

八號登機門在哪裡？

<u>8번 게이트</u>가 어디죠?

pal beon ge-i-teu-ga eo-di-jyo?

ㄆㄚ～ㅁ, ㄅㄡ～ㄣ, ㄍㄟ ㄧ ㄊ, ㄎㄚ, ㄛ ㄉㄧ ㄐㄧㄡ？

十四號登機門在哪裡？

<u>14번 게이트</u>가 어디죠?

sip sa beon ge-i-teu-ga eo-di-jyo?

ㄒㄧ～ㄆ ㄙㄚ, ㄅㄡ～ㄣ, ㄍㄟ ㄧ ㄊ, ㄎㄚ, ㄛ ㄉㄧ ㄐㄧㄡ？

二十二號登機門在哪裡？

<u>22번 게이트</u>가 어디죠?

i-sip i beon ge-i-teu-ga eo-di-jyo?

ㄧ ㄒㄧ ㄅㄧ, ㄅㄡ～ㄣ, ㄍㄟ ㄧ ㄊ, ㄎㄚ, ㄛ ㄉㄧ ㄐㄧㄡ？

➥ 底線部分，請用下列名詞說說看。

| 中文 / 英文 | 韓文 / 羅馬拼音 / 請用注音說說看 |
|---|---|
| 詢問處<br>Information Center | **안내센터**<br>an-nae-sen-teo<br>ㄢ ㄋㄟ ㄙㄟ～ㄣ ㄊㄡ |

| | |
|---|---|
| 警察局<br>Police Station | **경찰소**<br>gyeong-chal-sso<br>ㄎㄩㄥ ㄑㄧㄚ ㄖㄨ ㄙㄡ |
| 出口<br>Exit | **출구**<br>chul-gu<br>ㄑㄧㄡ ㄖㄨ ㄍㄨ |
| 外幣兌換所<br>Foreign Currency<br>Exchange | **외화 환전소**<br>oe-hwa hwan-jeon-so<br>ㄨㄟ ㄏㄨㄚ, ㄏㄨㄢ ㄐㄧㄡ ㄣ ㄙㄡ |
| 賣票所<br>Ticket Counter /<br>Ticket Office | **매표소**<br>mae-pyo-so<br>ㄇㄟ ㄆㄧㄠ ㄙㄡ |
| 辦登機櫃檯<br>Check-In Counter | **체크인 카운터**<br>che-keu-in ka-un-teo<br>ㄑㄧㄝˋㄎㄧㄣˊ, ㄎㄚ ㄨㄣ ㄊㄡ |
| 公用電話<br>Public Telephone<br>Booth | **공중 전화**<br>gong-jung jeon-hwa<br>ㄎㄨㄥ ㄐㄩㄥ, ㄑㄧㄡ ㄋㄨㄚ |
| 乾洗店<br>Laundry & Dry Clean | **세탁소**<br>se-tak-sso<br>ㄙㄟ ㄊㄚˋㄎ ㄙㄡ |

➡ 向人問話時，前面加一句「對不起」，表示禮貌。

對不起＝<u>죄송합니다.</u>

**joe-song-ham-ni-da**

ㄑㄩㄝ ㄙㄨㄥ, ㄏㄚ ˉㄇ, ㄋㄧ ˉㄉㄚ.

問路

購物

點餐

住宿

交朋友

問候

請求一

請求二

生病

## ★ 說 說 看：

請問中華航空櫃台在哪裡？

죄송합니다. 중화항공 카운타가 어디죠?

joe-song-ham-ni-da. jung-hwa-hang-gong ka-un-ta-ga
eo-di-jyo?

ㄑㄩㄝ ㄙㄨㄥ, ㄏㄚ -ㄇ, ㄋㄧ ㄅㄚ.

ㄑㄧㄡ -ㄥ ㄏㄨㄚ, ㄏㄤ ㄍㄨㄥ, ㄅㄚ ㄨㄣ ㄊㄡ ㄍㄚ, ㄛ ㄅㄧ ㄐㄧㄡ?

小姐，請問中華航空櫃台在哪裡？

아가씨, 죄송합니다. 중화항공 카운타가 어디죠?

A-ga-si, joe-song-ham-ni-da. jung-hwa-hang-gong
ka-un-ta-ga eo-di-jyo?

ㄚ ㄎㄚ ㄒㄧ, ㄑㄩㄝ ㄙㄨㄥ, ㄏㄚ -ㄇ, ㄋㄧ ㄅㄚ.

ㄑㄧㄡ -ㄥ ㄏㄨㄚ, ㄏㄤ ㄍㄨㄥ, ㄅㄚ ㄨㄣ ㄊㄡ ㄍㄚ, ㄛ ㄅㄧ ㄐㄧㄡ?

請問化妝室在哪裡？

죄송합니다. 화장실이 어디죠?

joe-song-ham-ni-da. hwa-jang-si-ri eo-di-jyo?

ㄑㄩㄝ ㄙㄨㄥ, ㄏㄚ -ㄇ, ㄋㄧ ㄅㄚ.

ㄏㄨㄚ ㄐㄧㄤ, ㄒㄧ ㄖㄧ, ㄛ ㄅㄧ ㄐㄧㄡ?

先生，請問化妝室在哪裡？

선생님, 죄송합니다. 화장실이 어디죠?

joe-song-ham-ni-da. hwa-jang-si-ri eo-di-jyo?

ㄙㄡ -ㄣ ㄙㄝ -ㄥ ㄋㄧ -ㄇ, ㄑㄩㄝ ㄙㄨㄥ, ㄏㄚ -ㄇ, ㄋㄧ ㄅㄚ.

ㄏㄨㄚ ㄐㄧㄤ, ㄒㄧ ㄖㄧ, ㄛ ㄅㄧ ㄐㄧㄡ?

# ❷ 購物

---

| 多少錢？ |
| --- |
| **얼마죠?**<br>eol-ma-jyo?<br>ㄜ~ㄇㄇㄚ、ㄐㄧㄡ？ |

---

| ～ 是多少錢？ |
| --- |
| **～ 이 얼마죠？**<br>～i eol-ma-jyo?<br>～ㄧ、ㄜ~ㄇㄇㄚ、ㄐㄧㄡ？～ |
| **～ 가 얼마죠？**<br>～ga eol-ma-jyo?<br>～ㄎㄚ、ㄜ~ㄇㄇㄚ、ㄐㄧㄡ？～ |

## 公式 A

# ～ 是多少錢？ / ～ 이 얼마죠?

~ i eol-ma-jyo?　ㄦˇ ㄇㄚ ㄐㄧㄡˋ

### Tip

名詞的最後一個字有 bachim 時＋이（語助詞＝是）얼마죠？

註 有 bachim 的字：一個字裡有三個以上字母的字。

例：금 = ㄱ + ㅡ + ㅁ (共三個字母)。

這些字母中，位在下方的字母就是 bachim，所以 ㅁ字母 就是금字
的bachim。

## ★ 例 句

費用是多少？
요금이 얼마죠?
yo-geu-mi eol-ma-jyo?
ㄧㄡ ㄎ ㄇㄧ, ㄦˇ ㄇㄚ ㄐㄧㄡˋ

公車票價是多少？
버스요금이 얼마죠?
beo-seu-yo-geu-mi eol-ma-jyo?
ㄅㄡ ㄙ, ㄧㄡ ㄎ ㄇㄧ, ㄦˇ ㄇㄚ ㄐㄧㄡˋ

電話費用是多少？
전화요금이 얼마죠?
jeon-hwa-yo-geu-mi eol-ma-jyo?
ㄑㄧㄡ ㄋㄨㄚ, ㄧㄡ ㄎ ㄇㄧ, ㄦˇ ㄇㄚ ㄐㄧㄡˋ

➡ 費用＝요금（票價及收費等，廣指各種費用）

➡ 底線部分，請用下列名詞說說看。

| 中文 / 英文 | 韓文 / 羅馬拼音 / 請用注音說說看 |
|---|---|
| 計程車費<br>Taxi Fare | **택시요금**<br>taek-ssi-yo-geum<br>ㄊㄟˋ ㄎ ㄒㄧ, ㄧㄡ ㄎ ˙ㄇ |
| 飯店費用<br>Hotel Fee | **호텔요금**<br>ho-te-ryo-geum<br>ㄏㄡ ㄊㄟ ㄖㄨ, ㄧㄡ ㄎ ˙ㄇ |
| 用餐費用<br>Meal Expense | **식사요금**<br>sik-ssa-yo-geum<br>ㄒㄧˋ ㄎ ㄙㄚ, ㄧㄡ ㄎ ˙ㄇ |
| 捷運收費<br>Rapid Transit Charge | **지하철요금**<br>ji-ha-cheo-ryo-geum<br>ㄑㄧ ㄏㄚ ㄑㄧㄡ ㄖㄨ, ㄧㄡ ㄎ ˙ㄇ |
| 價格<br>Price | **가격**<br>ga-gyeok<br>ㄎㄚ ㄎㄧㄡ ˙ㄍ |
| 這皮包<br>this handbag /<br>this leather bag | **이 가방**<br>i ga-bang<br>ㄧ ㄎㄚ ㄅㄤ |

問路

購物

點餐

住宿

交朋友

問候

請求一

請求二

生病

**公式 B**

# 〜 是多少錢？ / ~ 가 얼마죠？

~ ga eol-ma-jyo? ㄍㄚ, ㄛ ㄇㄚ, ㄐㄧㄡ？

**Tip**

名詞的最後一字，沒有 bachim 時＋가（語助詞＝是）얼마죠？

註 沒有 bachim 的字：只有兩個字母組成，也就是子音和母音。

例：비＝ㅂ＋ㅣ 兩個字母。

## ★ 例 句

住宿費是多少？

숙박비가 얼마죠?

suk-ppak-ppi-ga eol-ma-jyo?

ㄙㄨ-ㄎ, ㄅㄚ-ㄎ, ㄅㄧ ㄍㄚ, ㄛ -ㄇ ㄇㄚ ㄐㄧㄡ？

咖啡是多少？

커피가 얼마죠?

keo-pi-ga eol-ma-jyo?

ㄎㄛ ㄆㄧ ㄍㄚ, ㄛ -ㄇ ㄇㄚ ㄐㄧㄡ？

車票是多少？

차표가 얼마죠?

cha-pyo-ga eol-ma-jyo?

ㄑㄧㄚ ㄆㄧㄛ ㄍㄚ, ㄛ -ㄇ ㄇㄚ ㄐㄧㄡ？

➡ 底線部分，請用下列名詞說說看。

| 中文 / 英文 | 韓文 / 羅馬拼音 / 請用注音說說看 |
|---|---|
| 服務費<br>Service Charge | **서비스료**<br>seo-bi-seu-ryo<br>ㄙㄨㄅㄧㄙㄨ，ㄖㄧㄡ |
| 涮涮鍋<br>Korean Shabu Shabu | **샤브샤브**<br>sya-beu-sya-beu<br>ㄒㄧㄚㄅㄨ，ㄒㄧㄚㄅㄨ |
| 車票<br>Ticket | **차표**<br>cha-pyo<br>ㄑㄧㄚㄆㄧㄡ |
| 這白色皮鞋<br>the pair of white shoes | **이 하얀 구두**<br>i-ha-yan gu-du<br>ㄧ，ㄏㄚ ㄧㄤ，ㄎㄨㄅㄨ |
| 這件洋裝<br>the dress (western style clothes) | **이 원피스**<br>i won-pi-seu<br>ㄧ，ㄨㄛ·ㄅㄆㄧㄙㄨㄥ |
| 這件裙子<br>this skirt | **이 치마**<br>i chi-ma<br>ㄧ，ㄑㄧㄇㄚ |

問路

購物

點餐

住宿

交朋友

問候

請求一

請求二

生病

# ❸ 點餐

| （請）給我 ~ |
| --- |
| ~ 주세요 .<br>~ ju-se-yo.<br>- くーヌ ムヘ ーヌ. |

★ 例 句

請給我辣拌飯。

비빔밥 주세요.

bi-bim-bap ju-se-yo.

ㄆㄧ ㄅㄧㄣ ㄅㄚ -ㄆ. くーヌ ㄙㄟ ーヌ.

請給我辣年糕。

떡볶이 주세요.

tteok-ppo-kki ju-se-yo.

ㄉㄡ ㄅㄡ ㄍㄧ. くーヌ ㄙㄟ ーヌ.

請給我這一個。

이것 주세요.

i-geot ju-se-yo.

ㄧ ㄍㄡ -ㄊ. くーヌ ㄙㄟ ーヌ.

請給我那一個。

<u>저것</u> 주세요.

**jeo-geot** ju-se-yo.

ㄑㄧㄡ ㄍㄡˇㄊ, ㄑㄧㄡ ㄙㄨㄟˋㄧㄡ.

### Tip

相較於中文在數量上的表達很明確，在韓語中若只是一個或一份時，就不會特別談到數量。

**例** 給我這一件 / 給我一杯水 = 저것주세요. / 물주세요.

在韓語不會在句子中特別提起一件或一杯等。當然，遇到兩個以上時，就會說了。

➡ 底線部分，請用下列名詞說說看。

| 中文 / 英文 | 韓文 / 羅馬拼音 / 請用注音說說看 |
|---|---|
| 湯匙<br>Soup Spoon | **스푼**<br>seu-peun<br>ㄙ ㄆㄨˊㄣ |
| 餐券<br>Meal Ticket /<br>Meal Coupon /<br>Breakfast Voucher | **식사쿠폰**<br>sik-ssa-ku-pon<br>ㄒㄧ˙ㄅ ㄙㄚ, ㄎㄨ ㄆㄨㄥ |
| 泡菜煎餅<br>Korean Style<br>Pancake with<br>Kimchi (Fermented<br>Vegetables) | **김치 부칭게**<br>gim-chi-bu-ching-ge<br>ㄎㄧ˙ㄇ ㄑㄧ, ㄆㄨ ㄑㄧㄥ ㄍㄟ |

| 柚子茶<br>Korean Citron Tea | 유자차<br>yu-ja-cha<br>ㄧㄡ ㄐㄧㄚ ㄑㄧㄚ |
|---|---|
| 果汁<br>Juice | 쥬스<br>jyu-seu<br>ㄐㄧㄡ ㄙ |
| 麥茶<br>Korean Roasted Barley Tea | 보리차<br>bo-ri-cha<br>ㄆㄡ ㄌㄧ ㄑㄧㄚ |

★ 說 說 看：

對不起，我要一杯冰水。

죄송합니다. 냉수 주세요.

joe-song-ham-ni-da. naeng-su ju-se-yo.

ㄑㄩㄝ ㄙㄨㄥ, ㄏㄚ -ㄇ, ㄋ- ㄅㄚ. ㄋㄟ -ㄥ ㄙㄨ, ㄑ-ㄡ ㄙㄟ -ㄡ.

對不起，我要紙巾。

죄송합니다. 티슈 주세요.

joe-song-ham-ni-da. ti-syu ju-se-yo.

ㄑㄩㄝ ㄙㄨㄥ, ㄏㄚ -ㄇ, ㄋ- ㄅㄚ. ㄊㄧ ㄒㄧㄡ, ㄑ-ㄡ ㄙㄟ -ㄡ.

對不起，我要收據。

죄송합니다. 영수증 주세요.

joe-song-ham-ni-da. yeong-su-jeung ju-se-yo.

ㄑㄩㄝ ㄙㄨㄥ, ㄏㄚ -ㄇ, ㄋ- ㄅㄚ. ㄩㄥ ㄙㄨ ㄗㄥ, ㄑ-ㄡ ㄙㄟ -ㄡ.

## *Tip*

...주세요.

...ju-se-yo.

…ㄑㄧㄡ ㄙㄟ ㄧㄡ.

也可以在請求的時候使用。

### ★ 例句

請幫忙一下！

도와주세요!

do-wa-ju-se-yo!

ㄊㄡ ㄨㄚ. ㄑㄧㄡ ㄙㄟ ㄧㄡ.

問路

購物

點餐

住宿

交朋友

問候

請求一

請求二

生病

# ❹ 住宿

| 有 ~ 嗎？ |
| --- |
| ~ 있어요？<br>~ i-sseo-yo?<br>~ ㅡ ㄙㅈㅡㄡ？ |

## ★ 例句

有單人房嗎？
**싱글룸** 있어요?
sing-geul-lum i-sseo-yo?
ㄒㅡㄥ 《ㄨ, 回ㄨ-ㄇ, ㅡ ㄙㅈㅡㄡ？

有雙人房嗎？
**트윈룸** 있어요?
teu-wil-lum i-sseo-yo?
ㄊ ㄩㄣ, 回ㄨ-ㄇ, ㅡ ㄙㅈㅡㄡ？

有韓式房間嗎？
**온돌방** 있어요?
on-dol-bang i-sseo-yo?
ㄨㄥ ㄊㄡ-回, ㄆㅊ, ㅡ ㄙㅈㅡㄡ？

➡ 底線部分，請用下列名詞說說看。

| 中文 / 英文 | 韓文 / 羅馬拼音 / 請用注音說說看 |
|---|---|
| 早餐<br>Breakfast | **아침식사**<br>a-chim-sik-ssa<br>ㄚ ㄑㄧˇ ㄇ, ㄒㄧˇ ㄅ ㄙㄚ |
| 餐券<br>Meal Ticket /<br>Meal Coupon /<br>Breakfast Voucher | **식사쿠폰**<br>sik-ssa-ku-pon<br>ㄒㄧˇ ㄅ ㄙㄚ, ㄅㄨ ㄆㄨㄥ |
| 三溫暖<br>Sauna | **사우나**<br>sa-u-na<br>ㄙㄚ ㄨ ㄋㄚ |
| 指甲刀<br>Nail-Clippers | **손톱깍기**<br>son-top-kkak-kki<br>ㄙㄨㄥ ㄊㄡˇ ㄅ, ㄍㄚ ㄍㄧ |
| 針線<br>Sewing Kit<br>（針線包） | **실 바늘**<br>sil ba-neul<br>ㄒㄧˇ ㄖ, ㄆㄚ ㄋ ˇ ㄖ |
| 停車場<br>Parking Lot | **주차장**<br>ju-cha-jang<br>ㄑㄧㄡ ㄑㄧㄚ ㄐㄧㄤ |

問路
購物
點餐
住宿
交朋友
問候
請求一
請求二
生病

# ❺ 交朋友

## ▶ *01*交朋友1（問句）

| 您（你/你）是....? |
| :---: |
| ～ 이세요? |
| ～ i-se-yo? |
| ～一ㄙㄟ一ㄡ? |

➡ 此句為不拘泥的問話方式。(只能對平輩或晚輩使用)

## ★ 例 句

1. 你（是）幾歲？（此句不可直接向小姐問）

   **몇살**이세요 ?

   myeot-ssa-ri-se-yo?

   ㄇㄧㄡㄙㄚ.ㄖㄧㄙㄟ一ㄡ?

2. 哪個國家的人？（你（是）從哪兒來）

   **어느나라 사람**이세요 ?

   eo-neu-na-ra sa-ra-mi-se-yo?

   ㄜ ㄋ. ㄋㄚ ㄖㄚ. ㄙㄚ ㄖㄚ-ㄇ.一ㄙㄟ一ㄡ?

3. （是）什麼事（怎麼回事）？

<u>무슨 일</u>이세요?

mu-seu-ni-ri-se-yo?

ㄇㄨ ㄙㄨㄣ, ㄧ ㄖㄧ ㄙㄟ ㄧㄡ?

### Tip

韓語在一般對話中，比較會省略第一人稱和第二人稱，也就是很少提起「你(妳、您)」等字，或是「我」字。在彼此的對話中，可以充分知道是指自己或是指對方；這一點與日文相同。

## ▶ *02* 交朋友1 (答句)

| ~ 是…。 |
| --- |
| ~ 이에요 .<br>~ i-e-yo.<br>ー ㄟ ー ㄡ. |

## ★ 答句

1. 我(是)1985 年出生的。

   **천 구백 팔십 오년생**이에요.

   cheon gu-baek pal-ssip o-nyeon-saeng-i-e-yo.

   ㄑㄩㄥ ㄎㄨ ㄅㄟ ˋ ㄍ, ㄆㄚ ˋ ㄇ, ㄒㄧ ˇ ㄅ, ㄡ ㄋㄧㄠ ˊ ㄅ, ㄙㄟ ˋ ㄥ, ー ㄟ ー ㄡ.

   我(是)19歲。

   **열 아홉살**이에요.

   yeol a-hop-ssa-ri-e-yo.

   ー ㄡ ㄖㄚ ㄏㄡ ˊ ㄆ, ㄙㄚ ㄖ ー, ㄟ ー ㄡ.

2. 我是台灣人。

   **대만사람**이에요.

   dae-man-sa-ra-mi-e-yo.

   ㄊㄟ ㄇㄢ, ㄙㄚ ㄖㄚ ˊ ㄇ, ー ㄟ ー ㄡ.

## ▶ *03* 交朋友2(問句)

| （你的）～ 是什麼？ |
|---|
| ～이 뭐예요？<br>～i mwo-ye-yo?<br>～ㄧ ㄇㄡ ㄝ ㄧㄡ? |
| ～가 뭐예요？<br>～ga mwo-ye-yo?<br>～ㄍㄚ（ㄎㄚ）ㄇㄡ ㄝ ㄧㄡ? |

➡ 這是比較不拘泥的問話方式。

(可對朋友或熟悉的人使用)。

公式 **A**

（你的）～ 是什麼？/～이 뭐예요？

~i mwo-ye-yo?　～ㄧ ㄇㄡ ㄝ ㄧㄡ?

★ 例句

叫什麼名字（你的名字是什麼）？

이름이 뭐에요？

i-reu-mi mwo-e-yo?

ㄧ ㄖ ㄇㄧ, ㄇㄡ ㄝ ㄧㄡ?

做什麼工作（<u>你的職業</u>是什麼）？

<u>직업</u>이 뭐에요 ?

ji-geo-bi mwo-e-yo?

ㄑㄧㄍㄡㄅㄧ,ㄇㄡ ㄝ ㄧㄡ?

是什麼血型（<u>你的血型</u>是什麼）？

<u>혈액형</u>이 뭐에요 ?

hyeo-rae-kyeong-i mwo-e-yo?

ㄏㄧㄜ ㄖㄟ ㄎㄩㄥ ㄧ,ㄇㄡ ㄝ ㄧㄡ?

### Tip

名詞的最後一個字有 bachim 時＋이（語助詞＝是）뭐에요 ?

註 有 bachim 的字：一個字裡有三個以上字母的字。

例：름＝ㄹ＋ㅡ＋ㅁ (共三個字母)。

這些字母中，位在下方的字母就是bachim。所以 ㅁ字母 就是 름字

的bachim。

### 公式 B

## （你的）～ 是 什麼 ？ /～ 가 뭐예요 ?

~ ga mwo-ye-yo?　ㄍㄚㄇㄡㄝㄧㄡ?

### ★ 例 句

你有什麼愛好（<u>你的興趣</u>是什麼）？

<u>취미</u>가 뭐에요 ?

chwi-mi-ga mwo-e-yo?

ㄑㄩㄇㄧㄍㄚ,ㄇㄡㄝㄧㄡ?

你屬什麼生肖（<u>你的生肖</u>是什麼）？

<u>띠가</u> 뭐에요？

tti-ga mwo-e-yo?

ㄅㄧ ㄍㄚ, ㄇㄡ ㄝㄧㄡ?

### *Tip*

名詞的最後一個字，沒有 bachim 時＋가（語助詞＝是）뭐에요？

**註** 沒有 bachim 的字：只有兩個字母組成，也就是子音和母音。

例：띠＝ㄸ＋ㅣ 兩個字母。

問路

購物

點餐

住宿

交朋友

問候

請求一

請求二

生病

## ▶ 04 交朋友2 (答句)

| ～ 是…。 |
| :---: |
| ～ 이에요 .<br>～ i-e-yo.<br>～ ㄧ ㅔ ㅡㅈ. |
| ～ 에요 .<br>～ e-yo.<br>～ ㅔ ㅡㅈ. |

### Tip

<u>～ 是…</u>

名詞的最後一個韓文字有 bachim 時＋이에요. ( 是…) ，
沒有 bachim 時＋에요.。

### 公式 A

## ～ 是…。 / ～ 이에요 .

～ i-e-yo.　～ ㄧ ㄟ ㅡㅈ.

➡ 問對方名字時，口語式的問法：

問：你叫什麼名字 ( <u>你的名字</u>是什麼 ) ？
　　<u>이름이</u> 뭐에요 ？
　　i-reu-mi mwo-e-yo?
　　ㄧ ㄖ ㅁㄧ, ㅁㅈ ㄟ ㅡㅈ?

答：我叫千松鶴。

**천송학**이에요.

cheon-song-ha-gi-e-yo.

ㄑㄧㄠˊㄥㄙㄨㄥ ㄏㄚˊㄍㄧˊㄟ ㄧㄝˇㄧㄡ.

---

**在韓文中，另有對名字的尊敬／禮貌問法**

Q：請問尊姓大名？

성함이 어떻게 되세요？

seong-ha-mi eo-tteo-ke doe-se-yo?

ㄙㄨㄥ ㄏㄚ ㄇㄧˇ, ㄡ ㄉㄡ ㄎㄟ, ㄊㄨㄟ ㄙㄟ ㄧㄡ?

A：我的名字叫千松鶴。

천송학이라고 합니다.

cheon-song-ha-gi-ra-go ham-ni-da.

ㄑㄧㄠˊㄥㄙㄨㄥ ㄏㄚˊ, ㄍㄧ ㄖㄚˇㄍㄡ, ㄏㄚˊㄇ ㄋㄧ ㄉㄚ.

---

➡ 問對方職業時，口語式的問法：

問：你的職業是什麼？

**직업이** 뭐에요？

ji-geo-bi mwo-e-yo?

ㄑㄧ ㄍㄡ ㄅㄧ, ㄇㄡ ㄟ ㄧㄡ?

答：我是**學生**。

**학생**이에요.

hak-ssaeng-i-e-yo.

ㄏㄚˊㄎ ㄙㄟ ㄥˊ, ㄧ ㄟ ㄧㄡ.

公式 **B**

## ～ 是…。/ ～ 에요.

~ e-yo. ～ㄝㄧㄡ.

問1：<u>你的職業</u>是什麼？

　　　<u>직업</u>이 뭐에요？

　　　ji-geo-bi mwo-e-yo?

　　　ㄑㄧㄍㄡㄅㄧ，ㄇㄡㄟㄧㄡ?

答1：我是<u>導遊</u>。

　　　<u>가이더</u>에요.

　　　ga-i-deo-e-yo.

　　　ㄎㄚ ㄧ ㄅㄡ，ㄝㄧㄡ.

問2：你叫什麼名字 (<u>你的名字</u>是什麼)？

　　　<u>이름</u>이 뭐에요？

　　　i-reu-mi mwo-e-yo?

　　　ㄧ ㄖ ㄇㄧ，ㄇㄡㄟㄧㄡ?

答2：我叫<u>金那里</u>。

　　　<u>김나리</u>에요.

　　　gim-na-ri-e-yo.

　　　ㄎㄧˉㄇ ㄋㄚ ㄖㄧ，ㄟㄧㄡ.

➡ 底線部分，請用下列職業來說說看。

| 以下名詞是＋이에요. ( 是… ) | |
|---|---|
| 學生<br>Student | **학생**<br>hak-ssaeng<br>ㄏㄚ-ㄎ ㄥㄟ-ㄥ |
| 銀行員<br>Bank Staff | **은행원**<br>eun-haeng-won<br>ㄨ ㄋㄟ-ㄥ, ㄨㄛ-ㄣ |
| 業務經理<br>Sales Manager | **영업부장**<br>yeong-eop-ppu-jang<br>ㄧㄜ-ㄥ, ㄜ ㄅㄨ ㄐ一ㄤ |
| 推銷員<br>Salesman | **세일즈맨**<br>se-il-jeu-maen<br>ㄥㄟ 一 ㄖ ㄗ, ㄇㄟ-ㄣ |
| 公務員<br>Public Servant /<br>Public Official | **공무원**<br>gong-mu-won<br>ㄎㄨㄥ ㄇㄨ, ㄨㄛ-ㄣ |
| 上班族<br>Office Worker /<br>White Collar Worker | **회사원**<br>hoe-sa-won<br>ㄏㄨㄟ ㄥㄚ, ㄨㄛ-ㄣ |
| 老師<br>Teacher | **선생님**<br>seon-saeng-nim<br>ㄥㄡ-ㄣ ㄥㄟ-ㄥ, ㄋ一-ㄇ |

問路<br>購物<br>點餐<br>住宿<br>交朋友<br>問候<br>請求一<br>請求二<br>生病

| | |
|---|---|
| 店長<br>Store Manager | 점장님<br>jeom-jang-nim<br>ㄑㄧㄡ ㄇㄨ ㄐㄧㄤ, ㄋㄧ -ㄇ |
| 業務員<br>Salesperson | 영업원<br>yeong-eo-bwon<br>ㄩㄥ ㄛ ㄅㄨㄛ -ㄣ |
| 攝影師<br>Photographer<br>(Cameraman) | 카메라맨<br>ka-me-ra-maen<br>ㄎㄚ ㄇㄟ ㄖㄚ ㄇㄟ -ㄣ |

➡ 底線部分，請用下列職業來說說看。

| 以下名詞是＋에요.（是…） | |
|---|---|
| 律師<br>Lawyer /<br>Attorney at Law | 변호사<br>byeon-ho-sa<br>ㄆㄧㄠ ㄋㄡ ㄙㄚ |
| 會計師<br>Certified Accountant | 회계사<br>hoe-gye-sa<br>ㄏㄨㄟ ㄍㄟ ㄙㄚ |
| 醫生<br>Doctor | 의사<br>ui-sa<br>ㄜ ㄧ ㄙㄚ |
| 工程師<br>Engineer | 엔지니어<br>en-ji-ni-eo<br>ㄟㄣ ㄐㄧ, ㄋㄧ ㄛ |

| 家庭主婦<br>Housewife | **가정주부**<br>ga-jeong-ju-bu<br>ㄎㄚ ㄐㄩㄥ, ㄑㄧㄡ ㄅㄨ |
| --- | --- |
| 秘書<br>Secretary | **비서**<br>bi-seo<br>ㄆㄧ ㄙㄡ |
| 櫃台<br>Service Counter | **리셉숀니스트**<br>ri-sep-ssyon-ni-seu-teu<br>ㄖㄧ ㄙㄟ~ㄅ, ㄒㄧ~ㄡ ㄋㄧ~ㄙㄛ ㄊ |
| 自由作家<br>Free Lance | **프리랜서**<br>peu-ri-raen-seo<br>ㄆ ㄖㄧ, ㄖㄟ~ㄅ ㄙㄡ |
| 導遊<br>(Tour) Guide | **가이더**<br>ga-i-deo<br>ㄎㄚ ㄧ ㄅㄡ |
| 助理<br>Assistant | **어시스턴스**<br>eo-si-seu-teon-seu<br>ㄜ ㄒㄧ~ㄙ, ㄊㄡ~ㄙ |
| 設計師<br>Designer | **디자이너**<br>di-ja-i-neo<br>ㄊㄧ ㄐㄧㄚ ㄧ ㄋㄡ |
| 美容師<br>Beautician /<br>Cosmetologist | **미용사**<br>mi-yong-sa<br>ㄇㄧ ㄩㄥㄙㄚ |

問路
購物
點餐
住宿
交朋友
問候
請求一
請求二
生病

| SOHO 族<br>SOHO | **소호족**<br>so-ho-jok<br>ㄙㄡ ㄏㄡ ㄑㄧㄡ~ㄎ |
|---|---|

問：你是什麼血型（<u>你的血型</u>是什麼）？

**혈액형이 뭐에요?**

hyeo-rae-kyeong-i mwo-e-yo?

ㄏㄧㄡ ㄖㄟ ㄎㄧ~ㄩㄥ ㄧ，ㄇㄡ ㄝ ㄧㄡ?

答：我是 <u>O 型</u>。

**O형이에요.**

O-hyeong-i-e-yo.

ㄡ ㄏㄧ~ㄩㄥ，ㄧ ㄝ ㄧㄡ.

➡ 底線部分，可依自己的血型來說說看。

| A 型<br>Blood A Type | **A 형**<br>A-hyeong<br>ㄟ ㄏㄧ~ㄩㄥ |
|---|---|
| B 型<br>Blood B Type | **B 형**<br>B-hyeong<br>ㄅ ㄏㄧ~ㄩㄥ |
| O 型<br>Blood O Type | **O 형**<br>O-hyeong<br>ㄡㄏㄧ~ㄩㄥ |

| AB 型<br>Blood AB Type | **AB 형**<br>AB-hyeong<br>AB ㄷㅡ ~ㅂㄥ |
|---|---|

問路

購物

點贊

住宿

交朋友

問候

請求一

請求二

生病

問：你有什麼愛好（<u>你的興趣</u>是什麼）？

**<u>취미가</u> 뭐에요?**

chwi-mi-ga mwo-e-yo?

ㄑㄩㄇㄧ~ㄍㄚ, ㄇㄡㄟㄧㄡ?

答1：我喜歡<u>逛街血拼</u>。

**<u>쇼핑</u>이에요.**

syo-ping-i-e-yo.

ㄒㄧㄡㄆㄥ, ㄧㄟㄧㄡ.

答2：我喜歡<u>看電影</u>。

**<u>영화</u>에요.**

yeong-hwa-e-yo.

ㄧㄛ-ㄥㄏㄨㄚ, ㄝㄧㄡ.

➡ 底線部分，依自己的興趣說說看。

## 以下名詞是＋이에요.（是…）

| 音樂<br>Listening to Music | **음악**<br>eu-mak<br>ㄨㄇㄚ ~ㄍ |
|---|---|

| 拍照<br>Photographing | **촬영**<br>chwa-ryeong<br>ㄑㄧ~ㄨㄚ, ㄖㄧㄠ~ㄥ |
|---|---|
| 跳舞<br>Dancing | **춤**<br>chum<br>ㄑㄧㄡㄇㄨ |
| 下棋（黑白棋）<br>Playing Reversi<br>(Othello) | **바둑**<br>ba-duk<br>ㄆㄚ ㄅㄨ~ㄎ |
| 畫畫<br>Drawing / Painting | **그림**<br>geu-rim<br>ㄎ ㄌㄧ~ㄇ |
| 設計<br>Designing | **디자인**<br>di-ja-in<br>ㄊㄧ ㄐㄧㄚ ㄧㄣ |
| 養寵物<br>To raise a pet | **애완동물**<br>ae-wan-dong-mul<br>ㄟ ㄨㄢ, ㄊㄨㄥ ㄇㄨ~ㄖ |
| 運動<br>Playing Sports | **운동**<br>un-dong<br>ㄨㄣ ㄊㄨㄥ |
| 組裝<br>Assembling things | **조립**<br>jo-rip<br>ㄑㄧㄡ ㄌㄧ~ㄆ |

| | |
|---|---|
| 出國旅遊<br>Traveling Abroad | **해외여행**<br>hae-oe-yeo-haeng<br>ㄏㄟ ㄨㄟ，ㄧㄠ ㄏㄟ-ㄥ |
| 工作<br>Working | **일**<br>il<br>ㄧ-ㄖ |

## 以下名詞是＋에요.（是…）

| | |
|---|---|
| 讀書（閱讀）<br>Studying / Reading | **독서**<br>dok-sseo<br>ㄊㄡ-ㄅ ㄙㄜ |
| 看電影<br>Seeing Movies | **영화**<br>yeong-hwa<br>ㄧㄛ-ㄥ ㄏㄨㄚ |
| 照相<br>Photographing | **사진찍기**<br>sa-jin-jjik-kki<br>ㄙㄚ ㄐㄧ-ㄣ，ㄐㄧ-ㄍㄧ |
| 玩陶瓷<br>Enjoying Ceramics /<br>Playing with Clay | **도자기**<br>do-ja-gi<br>ㄊㄡ ㄑㄧㄚ ㄍㄧ |
| 看漫畫<br>Enjoying Caricature | **만화**<br>man-hwa<br>ㄇㄚ ㄋㄨㄚ |

問路<br>購物<br>點餐<br>住宿<br>交朋友<br>問候<br>請求一<br>請求二<br>生病

| 唱歌<br>Singing | **노래**<br>no-rae<br>ㄋㄡ ㄖㄟˋ |
| --- | --- |
| 打電腦<br>Playing on the<br>computer | **컴퓨터**<br>keom-pyu-teo<br>ㄎㄡ ㄇㄨˋ, ㄆㄧˊㄨ ㄊㄡ |
| 騎單車<br>Riding Bicycle | **자전거 타기**<br>ja-jeon-geo ta-gi<br>ㄑㄧㄚ ㄐㄧㄡˋㄣ, ㄍㄡ ㄊㄚˊ ㄍㄧ |
| 書畫<br>Learning calligraphy<br>and painting | **서예**<br>seo-ye<br>ㄙㄡ ㄧㄝ |
| 烹煮料理<br>Cooking | **요리**<br>yo-ri<br>ㄧㄡ ㄖㄧ |

問：<u>你的興趣是什麼</u>？

　　<u>취미가</u> 뭐에요？

　　chwi-mi-ga mwo-e-yo

　　ㄑㄩㄇㄧˊ ㄍㄚˊ, ㄇㄡ ㄝㄝㄡ?

答：我喜歡<u>出國旅遊</u>。

　　해외여행이에요.

　　hae-oe-yeo-haeng-i-e-yo.

　　ㄏㄟ ㄨㄟ, ㄧㄡ ㄏㄟˊㄥ, ㄧ ㄝ ㄧㄡ.

## 你有～嗎?

### ～ 하세요?
～ ha-se-yo?
-ㄏㄚ ㄙㄟ ㄧㄡ?

### Tip

하세요? -疑問句-

（相當於 do you...?）

當疑問句時，把尾音拉高，帶詢問的口氣。

## ★ 例句

你好嗎？（你可安好？）

안녕 하세요?

an-nyeong ha-se-yo?

ㄢ ㄋㄧㄡㄥ, ㄏㄚ ㄙㄟ ㄧㄡ?

您健康嗎？（你身體還好吧？）

건강 하세요?

geon-gang ha-se-yo?

ㄎㄨㄣ ㄍㄤ, ㄏㄚ ㄙㄟ ㄧㄡ?

➡ 韓國漢字的字意：

| 中文 / 英文 | 韓語的漢字 | 韓文 / 羅馬拼音 / 請用注音說說看 |
|---|---|---|
| 用餐<br>Dining | 食事 | **식사**<br>sik-ssa<br>ㄒㄧ ˇ ㄎ ㄙㄚ |
| 讀書<br>Studying | 功夫 | **공부**<br>gong-bu<br>ㄎㄨㄥ ㄅㄨ |
| 上班<br>Working / On Duty | 出勤 | **출근**<br>chul-geun<br>ㄑㄧㄡˇ ㄖ ㄍㄣ |
| 下班<br>Off Duty | 退勤 | **퇴근**<br>toe-geun<br>ㄊㄨㄟ ㄍㄣ |
| 身體健康<br>Good Health<br>Condition | 健康 | **건강**<br>geon-gang<br>ㄎㄨㄥ ㄍㄤ |
| 旅行<br>Traveling | 旅行 | **여행**<br>yeo-haeng<br>ㄧㄡ ㄏㄟ ˇ ㄥ |
| 觀光<br>Sight Seeing | 觀光 | **관광**<br>gwan-gwang<br>ㄎㄨㄢ ㄍㄨㄤ |

| 購物血拼<br>Shopping | Shopping | 쇼핑<br>syo-ping<br>ㄒㄧㄡ ㄆㄧㄥ |
| --- | --- | --- |
| 慢跑<br>Jogging | Jogging | 죠깅<br>jyo-ging<br>ㄐㄧㄡ ㄍㄧㄥ |
| 游泳<br>Swimming | 水泳 | 수영<br>su-yeong<br>ㄙㄨ ㄩㄥ |

## ★ 例句

1. 下班了嗎?
   **퇴근하세요?**
   toe-geun-ha-se-yo?
   ㄊㄨㄟ ㄍㄣˊ ㄏㄚ ㄙㄟ ㄧㄡ?

2. 上班嗎?
   **출근하세요?**
   chul-geun-ha-se-yo?
   ㄑㄧㄡ ㄇㄨ ㄍㄣ, ㄏㄚ ㄙㄟ ㄧㄡ?

3. (您/妳/你)在旅遊嗎?
   **여행하세요?**
   yeo-haeng-ha-se-yo?
   ㄧㄡ ㄏㄟˊㄥ, ㄏㄚ ㄙㄟ ㄧㄡ?

# ❼ 請求一

> ## 請你 ～
> ## 請做 ～
> ## ＝Please ~
>
> ### ～ 하세요 .
> ～ ha-se-yo.
> - ㄏㄚ ㄙㄟ 一ㄡ

### Tip

除了疑問句外，～ 하세요 . 也可以用在一般的肯定句。

肯定句時，平順的拉長，尾音降低。意思是 Please… 。

## ★ 例 句

1. （請）打電話給我。

   전화 ( 電話 ) 하세요 .

   jeon-hwa ha-se-yo.

   ㄑ一ㄡ ㄋㄨㄚ, ㄏㄚ ㄙㄟ 一ㄡ.

2. 要讀書喔。

   공부 ( 功夫 ) 하세요 .

   gong-bu ha-se-yo.

   ㄎㄨㄥ ㄅㄨ, ㄏㄚ ㄙㄟ 一ㄡ.

3. 請用餐。

**식사 ( 食事 ) 하세요.**

sik-ssa ha-se-yo.

ㄒㄧ-ㄎ ㄙㄚ, ㄏㄚ ㄙㄟ ㄧㄡ.

4. 請坐下來吧。

**착석 ( 着席 ) 하세요.**

chak-sseok ha-se-yo.

ㄑㄧㄚ-ㄎ ㄙㄡ-ㄎ, ㄏㄚ ㄙㄟ ㄧㄡ.

5. 祝你成功喔。

**성공 ( 成功 ) 하세요.**

seong-gong ha-se-yo.

ㄙㄥ ㄍㄨㄥ, ㄏㄚ ㄙㄟ ㄧㄡ.

## ★ 說 說 看 :

| 請下車吧。<br>Please get off the train.<br>Please get out of the car / taxi. | **하차 (下車) 하세요.**<br>ha-cha ha-se-yo.<br>ㄏㄚ ㄑㄧㄚ, ㄏㄚ ㄙㄟ ㄧㄡ. |
|---|---|
| 請上車吧。<br>Please get in the car / taxi.<br>Please get on the bus / train. | **승차 (乘車) 하세요.**<br>seung-cha ha-se-yo.<br>ㄙㄥ ㄑㄧㄚ, ㄏㄚ ㄙㄟ ㄧㄡ. |

問路
購物
點餐
住宿
交朋友
問候
請求一
請求二
生病

| | |
|---|---|
| 請保重吧。<br>Please take good care of yourself / yourselves. | **건강** (健康) **하세요.**<br>geon-gang ha-se-yo.<br>ㄎㄨㄥ ㄍㄤˋ, ㄏㄚ ㄙㄟˋ ㄧㄡ. |
| 請觀賞吧。<br>Please enjoy yourself / yourselves. | **관람** (觀覽) **하세요.**<br>gwal-lam ha-se-yo.<br>ㄎㄨㄢ ㄌㄚˋ-ㄇ, ㄏㄚ ㄙㄟˋ ㄧㄡ. |
| 祝 (您 / 妳 / 你)<br>幸福喔。<br>Wish you happiness forever. | **행복** (幸福) **하세요.**<br>haeng-bok ha-se-yo.<br>ㄏㄟˋ-ㄥ ㄅㄡˋ, ㄏㄚ ㄙㄟˋ ㄧㄡ. |

| 請你（做）～ |
|---|
| = Please ~ |
| 動詞＋세요. |
| se-yo. |
| ㄙㄟ ㄧㄡ |

## ★ 例 句

1. （請）休息吧。

   쉬세요.

   swi-se-yo.

   ㄒㄩ ㄙㄟ ㄧㄡ.

2. （請）吃吧。（敬語）

   드세요.

   deu-se-yo.

   ㄊ ㄙㄟ ㄧㄡ.

3. （請）吃吧。（白話）

   먹으세요.

   meo-geu-se-yo.

   ㄇㄡ ㄍ, ㄙㄟ ㄧㄡ.

4. （請）喝吧。

마시세요.

ma-si-se-yo.

ㄇㄚ ㄒㄧ. ㄙㄟ ㄧㄡ.

5. （請）上車吧。

타세요.

ta-se-yo.

ㄊㄚ ㄙㄟ ㄧㄡ.

6. （請）坐吧。

앉으세요.

an-jeu-se-yo.

ㄢ ㄗ. ㄙㄟ ㄧㄡ.

7. （請）看吧。

보세요.

bo-se-yo.

ㄅㄡ ㄙㄟ ㄧㄡ.

8. 要贏喔。

이기세요.

i-gi-se-yo.

ㄧ ㄍㄧ. ㄙㄟ ㄧㄡ.

| 我 ～ 很痛。 |
| --- |
| ～ 아파요 . <br> ～ a-pa-yo. <br> ～ ㄚ ㄆㄚ ㄧㄡ. |

| 我 ～ 裡很痛。 |
| --- |
| ～ 이 아파요 . <br> ～ i a-pa-yo. <br> ～ ㄧ ㄚ ㄆㄚ ㄧㄡ. |
| ～ 가 아파요 . <br> ～ ga a-pa-yo. <br> ～ ㄎㄚ ㄚ ㄆㄚ ㄧㄡ. |

**公式 A**

# ~ 裡痛。/ ~ 이 아파요.

~ i a-pa-yo.　ˋㄧ ㄚ ㄆㄚ ㄧㄡ.

## ★ 例 句

我喉嚨痛。

목이 아파요.

mo-gi a-pa-yo.

ㄇㄡ ㄍㄧ ㄚ ㄆㄚ ㄧㄡ.

我心痛。

가슴이 아파요.

ga-seu-mi a-pa-yo.

ㄍㄚ ㄙ ㄇㄧ. ㄚ ㄆㄚ ㄧㄡ.

我腳痛。

발이 아파요.

ba-ri a-pa-yo.

ㄆㄚ ㄌㄧ. ㄚ ㄆㄚ ㄧㄡ.

我手痛。

손이 아파요.

so-ni a-pa-yo.

ㄙㄡ ㄋㄧ. ㄚ ㄆㄚ ㄧㄡ.

**Tip**

名詞的最後字母有 bachim 時＋이（語助詞）아파요.

公式 **B**

# ~ 裡痛。 / ~ 가 아파요.

~ ga a-pa-yo.  ～ㄎㄚ ㄚ ㄆㄚ 一ㄡ.

## ★ 例 句

我頭很痛。

머리가 아파요.

meo-ri-ga a-pa-yo.

ㄇㄡ ㄖㄧ 《ㄚ. ㄚ ㄆㄚ 一ㄡ.

我胃痛。

위가 아파요.

wi-ga a-pa-yo.

ㄨㄧ 《ㄚ. ㄚ ㄆㄚ 一ㄡ.

我肚子痛。

배가 아파요.

bae-ga a-pa-yo.

ㄆㄟ 《ㄚ. ㄚ ㄆㄚ 一ㄡ.

我腰痛。

허리가 아파요.

heo-ri-ga a-pa-yo.

ㄏㄡ ㄖㄧ 《ㄚ. ㄚ ㄆㄚ 一ㄡ.

### Tip

名詞的最後一個字，沒有 bachim 時 ＋ 가 （語助詞）아파요.

問路
購物
點餐
住宿
交朋友
問候
請求一
請求二
生病

## ★ 其 他 症 狀 :

我（頭）很暈。

어지러워요.

eo-ji-reo-wo-yo.

ㄜ ㄐㄧ, ㄖㄡ ㄨㄛ 一ㄡ.


拉肚子。

설사해요.

seol-sa-hae-yo.

ㄙㄡ~ㄖ ㄙㄚ, ㄏㄟ 一ㄡ.


感冒了。

감기걸렸어요.

gam-gi-geol-lyeo-sseo-yo.

ㄎㄚ~ㄇ ㄍㄧ, ㄎㄡ ㄌㄧㄡ, ㄙㄜ 一ㄡ.


我的腳很麻。

다리가 저려요.

da-ri-ga jeo-ryeo-yo.

ㄊㄚ ㄌㄧ ㄍㄚ, ㄐㄧㄡ ㄌㄧㄡ 一ㄡ.

問路
購物
點餐
住宿
交朋友
問候
請求一
請求二
生病

## 國家圖書館出版品預行編目（CIP）資料

超夠用！韓語單字會話醬就Go／趙文麗，范詩豔 作．-- 初版．--

臺北縣中和市：智寬文化，民 99. 11

面； 公分

ISBN 978-986-86763-0-5(32k 平裝 )

1. 韓語 2. 詞彙 3. 會話

803.22　　　　　　　　　　　　　　　99021633

韓語系列 K002

超夠用！韓語單字會話醬就Go

2013年1月 初版第2刷

| 編著者 | 趙文麗／范詩豔 |
| --- | --- |
| 錄音者 | 趙文麗／常菁 |
| 出版者 | 智寬文化事業有限公司 |
| 地址 | 新北市235中和區中山路二段409號5樓 |
| E-mail | john620220@hotmail.com |
| 電話 | 02-77312238・02-82215078 |
| 傳真 | 02-82215075 |
| 排版者 | 菩薩蠻數位文化有限公司 |
| 印刷者 | 彩之坊科技股份有限公司 |
| 總經銷 | 紅螞蟻圖書有限公司 |
| 地址 | 台北市內湖區舊宗路二段121巷28號4樓 |
| 電話 | 02-27953656 |
| 傳真 | 02-27954100 |
| 定價 | 新台幣249元 |
| 郵政劃撥・戶名 | 50173486・智寬文化事業有限公司 |